Die Geister, die ich rief

ROBERT ARTHUR

Die Geister, die ich rief

10 geisterhafte Kurzgeschichten

Aus dem Amerikanischen übertragen von Anja Herre

KOSMOS

Alle Illustrationen von Irv Docktor
Umschlaggestaltung von Kathrin Steigerwald unter Verwendung einer Illustration von Irv Docktor

Aus dem Amerikanischen übersetzt und bearbeitet von Anja Herre
Titel der Originalausgabe: »Ghosts and More Ghosts«

Unser gesamtes lieferbares Programm und viele weitere Informationen zu unseren Büchern, Spielen, Experimentierkästen, Aktivitäten, Autorinnen und Autoren findest du unter **kosmos.de**

MIX
Papier aus verantwortungsvollen Quellen
FSC® C014138
FSC www.fsc.org

Gedruckt auf Cradle to Cradle Certified™ Munken Papier

Mit freundlicher Genehmigung der Universität Michigan.

ISBN 978-3-440-18011-2
Redaktion und Lektorat: Ines Glindemann
Produktion und Satz: DOPPELPUNKT, Stuttgart
Druck und Bindung: Finidr, s.r.o., Český Těšín
Printed in the Czech Republic / Imprime en Republique tchèque

Die Geister, die ich rief

Anmerkung der Übersetzerin	8
Unsichtbare Schritte	11
Mr Miltons Gabe	35
Die Rosenquarzglocke	59
Post aus El Dorado	79
Der wundervolle Tag	104
Ein komischer Vogel	146
Glauben Sie an Geister?	170
Sturkopf Onkel Otis	195
Mr Dexters Drache	209
Hank Garveys Taggeist	224
Über den Autor	236

»Einige meiner besten Freunde sind Geister, und die folgenden zähle ich dazu. Eine erstklassige Mischung aus Gänsehautgrusel und ektoplasmischer Unterhaltung.«
– Alfred Hitchcock

Diese zehn Geschichten, verfasst von einem Experten in der Kunst des Absonderlichen, des Grusels und der Spannung, werden euch wohlig schaudernde Lesestunden bereiten – begleitet von einem leisen Schmunzeln, um die Anspannung zu lindern.

Dieses Buch widme ich Andrew und Elizabeth, einfach so.

Anmerkung der Übersetzerin

Die Geschichten in diesem Buch sind zeitlos. Und gleichzeitig sind sie es ganz und gar nicht.

Sie sind es nicht, weil sie Mitte des vergangenen Jahrhunderts geschrieben wurden und unwillkürlich den Geist ihrer Zeit widerspiegeln. Da treten Präsidenten auf, die es nur noch in Geschichtsbüchern gibt, da sind Telefonverbindungen noch auf Kabel und eine Dame bei der Vermittlung angewiesen. Es werden richtige, echte Atlanten gewälzt, keine Apps aufgerufen.

Sie sind zeitlos, weil man trotz all dieser Vergänglichkeiten begreift, worum es geht. Weil die Angst vor dem, was sich in der dunklen Kammer hinter der knarrenden Tür verbirgt, zeitlos ist. Sie sind es, weil sie wie alle guten Geschichten Gänsehaut erzeugen, zum Lachen bringen, aufs Glatteis führen. Und weil man Seite für Seite einfach immer schneller umblättern muss, bis man schließlich, von der Spannung getrieben, ganz außer Atem ist.

In meinem Kopf war Robert Arthur lange ausschließlich der Schöpfer der Buchreihe *Die drei ???*. Dabei hatte er einfach ganz grundsätzlich ein eiskaltes Händchen für richtig gute Geschichten.

Ich stelle ihn mir vor, den Autor, an einer Schreibmaschine, deren klappernde Anschläge heute so ungewohnt klingen wie die Wörter *Blankoscheck* oder *Weltatlas*. Das Fenster zum Hof steht offen (ziemlich sicher wehen die weißen Gardinen), das Gaslicht ist gedimmt, ab und an blickt er hinaus, ruft die herumschwirrenden Geister zusammen und bannt sie auf Papier.

Für mich geht es beim Übersetzen weniger darum, einen Satz wortwörtlich zu übertragen. Vielmehr geht es mir um den Geist des Textes. Darum, wie ich seine Figuren verstehe. Höre, wie sie sprechen, gehen, sich den Regen auf den Kopf prasseln lassen. Dieser Geist kann flatterhaft sein. Manchmal ist im Text etwas zu spüren, was über die hingeschriebenen Wörter hinausgeht und ebenso schwer zu greifen ist wie ein Nebelschleier nach Mitternacht.

Und eben weil Robert Arthur in meinem Kopf dasitzt, zeitlos im Jahr 1940, auf seiner Schreibmaschine Wörter wie *Blankoscheck* und *Telefonkabel* und die Präsidenten Roosevelt (beide!) klappernd zu Papier bringt, war es mir wichtig, diesen Dingen auch im Jahr 2024 einen Platz zu geben, sie nicht unter den Schreibtisch fallen zu lassen. Der zarte Staub, der hier manchmal liegt, sollte nicht achtlos weggewischt werden – schon gar nicht bei Geistergeschichten, oder?

Gleichzeitig ist Husten fast unvermeidlich, wenn Staub aufgewirbelt wird. Hier und da tauchten im Originaltext Beschreibungen oder einzelne Wörter auf, die ich im Deutschen nicht einfach so wiederholen wollte. Einfach weil sie Sichtweisen ausdrücken, die damals zwar verbreitet gewesen sein mögen, die ich aber im Jahr 2024 nicht aufgreifen und deren Leben ich somit nicht verlängern mochte. Daher sind diese Wörter, sofern sie nicht in der wörtlichen Rede der handelnden Figuren dazu dienen, ebendiese Figuren näher zu beschreiben, dann doch unterm Schreibtisch gelandet.

Dieses Buch ist nicht bloß eine Reise ins Reich der Geister, Gespenster und sonstiger Übernatürlichkeiten. Es ist eine zeitlose Zeitreise in die Mitte des vergangenen Jahrhunderts. Und nun genug der Vorworte – ich wünsche euch viel Spaß auf der Reise!

Unsichtbare Schritte

Die Nacht war dunkel und stürmisch. Wie aus wütenden Wolken prasselte der Regen herab und unter seiner Wucht verschmolzen die Geräusche der Großstadt auf seltsame Weise. Für Jorman klangen sie wie ein gedämpftes Grollen.

Er hingegen hatte es recht behaglich. Der kleine Zeitungskiosk neben dem Eingang zur Untergrundbahn war regendicht.

Das Fenster, das er stets offen ließ, um nahende Kundschaft zu hören, Kleingeld entgegenzunehmen und Zeitungen hinauszureichen, ließ eine feuchte Kühle herein, ein winziger Ölheizofen in der Ecke hielt sie jedoch mit seiner ausstrahlenden Wärme in Schach.

Ein Transistorradio dudelte, und Foxfire, sein Drahthaarterrier, schnarchte zu seinen Füßen.

Jorman langte nach oben und schaltete das Radio ab. Bisweilen bereitete ihm das Gedudel Vergnügen. Meist lauschte er aber doch lieber dem Leben, das wie ein Fluss an seinem Kiosk vorbeirauschte.

Heute Abend hatte sich allerdings selbst der Times Square den Sturmgöttern ergeben. Jorman hörte nicht einen einzigen Passanten vorbeigehen, obwohl sein Zeitgefühl – verstärkt durch die Radioansage kurz zuvor – ihm sagte, dass es erst wenige Minuten nach Mitternacht war.

Er zündete sich eine Pfeife an und rauchte zufrieden.

Kurz darauf hob er den Kopf. Schritte nahten – langsame, bedächtige, vertraute Schritte. Vor seinem Kiosk blieben sie stehen, und er lächelte.

»Hallo, Clancy«, begrüßte er den Streifenpolizisten. »Ist 'ne gute Nacht für Enten.«

»Hätt' ich bloß Schwimmhäute an den Füßen«, grummelte der stämmige Polizist. »Käme mir sehr zupass. Bist schon ein komischer Kauz, an so'm Abend so lang auszuharren, ohne Aussicht auf Kundschaft.«

»Mir gefällt's.« Jorman grinste. »Ich hör dem Sturm gern zu. Regt die Fantasie an.«

»Meine auch«, knurrte Clancy. »Aber in meiner Fantasie kommt bloß meine Wohnung vor, 'ne warme Wanne und was Heißes zu trinken. Bah!«

Er schüttelte sich und stapfte mit einem »Gute Nacht« weiter.

Jorman hörte die Schritte des Polizisten leiser werden. Ein Weilchen herrschte Stille, abgesehen vom Regen und vom gelegentlichen Vorbeirauschen eines Taxis. Dann vernahm er abermals Schritte.

Diesmal kamen sie von der Seitenstraße her und er lauschte ihnen aufmerksam, den Kopf leicht zur Seite geneigt.

Sie waren – er suchte nach dem richtigen Wort – nun, sonderbar. *Schlurf-schlurf*, wie von großen Füßen in Segeltuchschuhen, die bei jedem Schritt ein Stück über den Gehweg schleiften. *Schlurf-schlurf – schlurf-schlurf* kamen sie langsam näher, zögerlich, als bliebe jemand alle paar Schritte stehen, um sich umzublicken.

Jorman fragte sich, ob der herannahende Mensch wohl eine Behinderung hatte. Einen Klumpfuß vielleicht, den er bei jedem Schritt nachzog. Kurz kam ihm der abwegige Gedanke, die Geräusche stammten von vier Füßen und nicht von zwei; er verwarf ihn jedoch mit einem Lächeln und horchte noch genauer hin.

Nun gingen die Schritte an ihm vorbei, und obwohl der Regen ein eindeutiges Auseinanderhalten erschwerte, hatte er den Eindruck, jeder schlurfende Schritt werde begleitet von einem leisen Klacken.

Während er noch eingehender lauschte, erwachte Foxfire aus seinem Schläfchen. Jorman spürte die Regungen des kleinen Hundes an seinen Füßen, dann hörte er ein tiefes Knurren. Er streckte die Hand hinunter und da saß Foxfire an seinen Schuh gekauert, den Schwanz eingeklemmt, das Fell gesträubt.

»Ruhig, mein Junge!«, flüsterte er. »Ich will etwas hören.«

Foxfire verstummte. Jorman hielt ihm die Schnauze zu und lauschte. Die Schritte des Unbekannten waren an ihm vorbei bis zur Ecke geschlurft. Dort hielten sie inne, wie unentschieden. Dann bogen sie in die 7th Avenue ab und wurden kurz darauf vom Sturm verschluckt.

Jorman ließ seinen Hund los und rieb sich grübelnd das Kinn. Was am Geruch des Unbekannten Foxfire wohl derart verängstigt hatte?

Ein Weilchen saß Jorman, die Pfeife in der Hand, reglos da. Erleichtert vernahm er kurz darauf Clancys wiederkehrende Schritte. Der Polizist blieb stehen und Jorman wartete nicht ab, bis er etwas sagte. Er beugte sich aus seinem kleinen Fenster.

»Clancy«, fragte er, darum bemüht, sich die Aufregung nicht anmerken zu lassen, »wie sieht der Bursche da vorn aus – der auf der 7th Avenue Richtung Süden? Sollte jetzt etwa auf halber Höhe des Häuserblocks sein.«

»Hm?«, fragte Clancy. »Ich seh' niemanden. Ist 'ne Zeitung geklaut worden?«

»Nein.« Jorman schüttelte den Kopf. »War bloß neugierig. Da ist also niemand?«

»Nicht in Sichtweite«, erwiderte der Polizist. »Muss wohl irgendwo abgebogen sein. Wir beide haben die Stadt heute ganz für uns. Na dann, bleib sauber. Ich hab noch ein paar Häuser vor mir.«

Das Regenprasseln hörbar auf dem breiten, regenmantelbewehrten Rücken, platschte er davon, und Jorman setzte sich schmunzelnd wieder auf seinen Stuhl. Schon lustig, was für Streiche Geräusche einem spielen konnten, besonders bei Regen.

Abermals zündete er seine erloschene Pfeife an und überlegte, für heute den Laden dichtzumachen, als der letzte Kunde des Abends herannahte. Diesmal erkannte er die Schritte. Es erfüllte ihn mit Stolz – und brachte Umsatz –, dass er all seine Stammkunden mit Namen begrüßen konnte, wenn auf der Straße nicht zu viel Gedränge herrschte.

Dieser hier war, auch wenn er nicht oft kam und noch nie zuvor bei Nacht, einfach. Der Schritt war fest, entschlossen. *Klack* – das war der Absatz – *schlapp* – das war die Sohle, die entschieden aufsetzte. *Klack-schlapp* – der andere Fuß. Kinderleicht. In einer Menschenmenge hätte er den erkannt.

»Guten Morgen, Sir Andrew«, sagte Jorman, als die Schritte an seinen Kiosk traten. »Die *Times*?«

»Danke.« Die Stimme, die ihm antwortete, hatte einen typisch britischen Akzent. »Sie haben mich erkannt, was?«

»Aber ja.« Jorman grinste. Gewöhnlich verblüffte es seine Kundschaft, dass er ihre Namen kannte. Dabei waren Namen nicht schwer zu lernen, wenn ihre Besitzer in der Nähe wohnten oder arbeiteten. »Ein Page aus Ihrem Hotel hatte gerade eine Zeitung gekauft, als Sie letztes Mal kamen. Nachdem Sie weg waren, hat er mir verraten, wer Sie sind.«

»So einfach, ja?«, rief Sir Andrew aus. »Ich weiß aber nicht, ob mir so viel Beachtung gefällt. Heutzutage bin ich lieber einer unter vielen. Mein schlechter Ruf von früher genügt mir vollauf.«

»Und davon gab's vor vier Jahren wohl reichlich«, deutete Jorman an. »Hab die Berichterstattung Ihrer Grabräuber-Expedition verfolgt. Interessante Arbeit, Archäologie. Ich wollte schon immer gern mal so in der Vergangenheit rumstochern können.«

»Lassen Sie's!« Sein Ton war scharf. »Hören Sie auf meinen Rat und bleiben Sie schön gemütlich in der Gegenwart. Die Vergangenheit ist ein unbequemer Ort. Manchmal wirft man einen Blick hinein und bringt dann den Rest seines Lebens damit zu, ihr wieder zu entkommen. Und … Aber ich sollte nicht hier herumstehen und plaudern. Nicht bei dem Sturm. Hier ist Ihr Geld. Nein, hier auf dem Tresen …«

Und während Jorman die Münze ertastete, entfuhr Sir Andrew Carraden erneut ein Ausruf.

»Ach!«, sagte er. »Das tut mir leid.«

»Nichts für ungut«, sagte Jorman zu ihm. »Es freut mich, wenn es den Leuten nicht auffällt. Geht vielen so, trotz des Schildes.«

»›Blinder Zeitungsverkäufer‹«, las Sir Andrew Carraden den kleinen Aushang am Kiosk. »Ach …«

»Kriegsverletzung«, erklärte Jorman. »Meine Augen haben mich zunehmend im Stich gelassen. Vor ein paar Jahren war es dann ganz vorbei. Also hab ich mich hierauf verlegt. Stört mich aber nicht. Kompensation, wissen Sie. Erstaunlich, was ein Mensch so alles hört, wenn er hinhört. Jetzt fragen Sie mich bestimmt, woran ich Sie erkannt habe. An Ihren Schritten. Die sind sehr leicht zu erkennen. Eine Art *klack-schlapp, klack-schlapp.*«

Sein Kunde schwieg. Eben wollte Jorman sich erkundigen, ob etwas nicht stimmte, da ergriff der Engländer das Wort.

»Hören Sie. Ich …«, seine Stimme nahm einen beinahe hungrigen Eifer an, »ich muss mit jemandem reden oder ich gehe in die Luft. Ich werde verrückt, meine ich. Ganz und gar wahnsinnig. Vielleicht bin ich es ja auch schon längst. Wer weiß. Haben Sie … haben Sie ein paar Minuten? Wären Sie bereit, mir ein wenig Gesellschaft zu leisten? A-allzu langweilig dürfte es nicht werden.«

Jorman zögerte mit der Antwort. Nicht, weil er abzulehnen gedachte – die Dringlichkeit in der Stimme des Mannes war unverkennbar –, doch es lag etwas Gehetztes darin, das Jorman neugierig machte.

Es war verrückt – aber Jormans Ohren irrten sich nur selten. Der Engländer, der Archäologe, dessen Name einige Jahre zuvor Berühmtheit erlangt hatte, war ein gejagter Mann. Ein verzweifelter Mann vielleicht. Ein Mann auf der Flucht – nur wovor?

Jorman rätselte nicht weiter herum. Er nickte.

»Ich habe Zeit«, willigte er ein.

Er hob Foxfire hoch, machte die Leine fest, warf sich einen alten Mantel über und drehte seine Gaslampe herunter. Während Foxfire an der Leine zerrte, klappte er seine Auslage hoch und sicherte den Kiosk mit einem Vorhängeschloss.

»Hier entlang«, sagte Sir Andrew Carraden neben ihm. »Nicht einmal ein halber Häuserblock. Möchten Sie meinen Arm nehmen?«

»Danke.« Jorman griff den Fremden am Ellbogen. Die Berührung weckte Erinnerungen an Fotografien, die er vor Jahren in der Zeitung gesehen hatte. Der Engländer war ein stattlicher Mann. Keiner, der etwas fürchtete. Und dennoch war ihm bang. Geradezu verängstigt war er.

Sie duckten sich vor dem Regen, der etwas nachgelassen hatte, und gingen den kurzen Weg bis zum Hotel.

Mit lautem Klacken ihrer Absätze auf dem Marmor betraten sie das Foyer. Jorman kannte das Haus: das Russet. Respektabel, aber etwas heruntergewirtschaftet.

Auf ihrem Weg am Empfang vorbei rief ein schläfriger Angestellter nach ihnen.

»Ach, verzeihen Sie. Hier ist eine Nachricht für Sie. Vom Geschäftsführer. Bezüglich einiger Renovierungs-«

»Danke, danke«, entgegnete Jormans Begleiter ungeduldig, und Jorman hörte, wie Papier in eine Tasche gestopft wurde. »Da ist schon der Aufzug. Machen Sie einfach einen kleinen Schritt nach oben.«

Einige Minuten hatten sie im Sessel gesessen, Pfeife rauchend, heiße Getränke vor sich, bevor Sir Andrew Carraden wieder auf die Angelegenheit zu sprechen kam, die ihm offensichtlich durch den Kopf ging.

Das Zimmer war, dem Hall ihrer Stimmen nach zu urteilen,

recht geräumig und vermutlich, da es sich um ein Wohnzimmer zu handeln schien, mit einem Schlafzimmer dahinter verbunden. Den dösenden Foxfire zu Jormans Füßen, hatten sie über Belanglosigkeiten geplaudert, als der Engländer abrupt das Thema wechselte.

»Jorman«, sagte er, »ich bin verzweifelt. Man stellt mir nach.«

Jorman hörte Kaffee überschwappen, als eine unsichere Hand mit der Tasse klirrend an den Unterteller stieß.

»Dachte ich mir«, räumte er ein. »Das war in Ihrer Stimme zu hören. Die Polizei?«

Sir Andrew Carraden lachte, ein schroffer explosiver Laut.

»Sie haben wirklich gute Ohren«, sagte er. »Die Polizei? Wenn's bloß so wäre! Nein. Ein ... ein persönlicher ... Feind.«

»Könnte dann nicht die Polizei –«, setzte Jorman an. Der andere fiel ihm ins Wort.

»Nein! Die kann mir nicht helfen. In diesem Leben kann niemand mir helfen. Und, gnade mir Gott, auch im nächsten nicht!«

Jorman überging den flehentlichen Ausruf.

»Aber bestimmt –«

»Sie können mir glauben, ich bin auf mich gestellt«, erklärte Sir Andrew Carraden ihm grimmig. »Es handelt sich um eine ... eine Fehde, wenn man so will. Und ich bin der Gejagte. Zu meiner Zeit war ich häufig auf der Jagd, und nun erlebe ich die andere Seite. Angenehm ist das nicht.«

Jorman nippte an seinem Getränk.

»Sie – dieser Feind. Ist der schon lang hinter Ihnen her?«

»Drei Jahre.« Der Engländer sprach leise, etwas unsicher. Vor seinem geistigen Auge sah Jorman den Mann sich nach vorn beugen, den Arm aufs Knie gestützt, die Miene finster.

»Es begann eines Nachts in London. Eine regnerische Nacht wie heute. Ich sah gerade ein paar Tontafeln durch, die entziffert werden wollten. Ein Teil der Beute aus dem Grabmal von Tut-Anch-Tothet. Der, von dem die von Ihnen erwähnten Zeitungsartikel handelten.

Ich hatte ziemlich viel gearbeitet. Zum Feierabend wollte ich am Fenster eine Pfeife rauchen. Da hörte ich es.«

»Sie hörten es?«

»Ihn«, berichtigte sich Carraden. »Hörte ihn mir nachstellen. Hörte seine Schritte –«

»Schritte?«

»Ja. In der pechschwarzen Nacht. Hörte ihn auf und ab gehen, auf der Suche nach mir. Dann nahm er meine Fährte auf und kam durch den Garten.«

Sir Andrew hielt inne, und Jorman hörte, wie die Kaffeetasse wieder angehoben wurde.

»Mein Hund, eine Deutsche Dogge, witterte ihn. Fürchtete sich, die arme Kreatur, und aus gutem Grund. Dennoch versuchte er anzugreifen. Auf meiner eigenen Türschwelle hat mein … Widersacher … den Hund … zerfleischt. Sehen konnte ich den Kampf nicht, aber sehr wohl hören. Das Tier hielt ihn lang genug auf, dass ich wegrennen konnte. Durch die Hintertür, in den Sturm hinaus.

Ein paar hundert Meter entfernt gab es einen Fluss. Dahin

begab ich mich, sprang hinein, ließ mich drei Kilometer treiben, ging an Land und fuhr per Anhalter nach London. Am nächsten Morgen verließ ich die Stadt auf einem Frachter gen Australien, bevor er meine Fährte wieder aufnehmen konnte.«

Jorman hörte den Archäologen tief durchatmen.

»Sechs Monate hat es gedauert, bis er mich erneut aufspürte, im Goldgebiet Australiens. Wieder hörte ich ihn rechtzeitig. Ich entkam auf einem Pferd, als er eben in meine Hütte eindrang, erwischte einen Frachtflug nach Melbourne, anschließend ein Schnellboot nach Schanghai. Dort blieb ich allerdings nicht lang.«

»Warum nicht?«, fragte Jorman. Er meinte, ein leises Schaudern von Carraden vernommen zu haben.

»Seinem Land zu ähnlich. Im Orient standen die Bedingungen zu seinen Gunsten. Und zu meinen Ungunsten. Ich hatte so eine Ahnung. Ich beeilte mich, nach Manila zu kommen, und nahm dort einen Flug in die Staaten. Bekam später einen Brief von einem alten chinesischen Bediensteten, dass *er* in der darauffolgenden Nacht eingetroffen war.«

Stirnrunzelnd nippte Jorman an seinem Kaffee. Er zweifelte nicht an der Aufrichtigkeit des Mannes, die Geschichte war allerdings wirklich etwas rätselhaft.

»Dieser Kerl, Ihr Widersacher«, sagte er langsam, »Sie sagten, der Orient sei seinem eigenen Land zu ähnlich gewesen.«

»Ja. Er kommt aus Ägypten. Dort habe ich mir seine … nun ja, seine Feindschaft eingehandelt.«

»Er stammt also gebürtig von dort?«

Carraden zögerte, offenbar auf der Suche nach Worten.

»Nun ja«, sagte er schließlich, »könnte man schon sagen. Obwohl er streng genommen aus einem anderen … anderen Land kommt. Einem weniger bekannten.«

»Aber«, beharrte Jorman, »ich würde doch denken, dass einem reichen Mann wie Ihnen in so einem Fall alle erdenklichen Mittel und Wege zur Verfügung stehen müssten. Immerhin fällt der Mensch zwangsläufig auf und sollte leicht auszumachen sein. Sie sagten, die Polizei konnte Ihnen nicht helfen, aber haben Sie es denn versucht? Und wie in aller Welt folgt er Ihnen so hartnäckig? London, Australien, Schanghai – das ist schon ein Stück.«

»Ich weiß, Sie sind verwirrt«, sagte der andere zu ihm. »Aber glauben Sie mir, die Polizei taugt nichts. Dieser … nun ja, er fällt ganz einfach nicht auf. Er bewegt sich überwiegend bei Nacht. Aber auch sonst kann er überallhin.

Er verfügt über, nun ja, Mittel und Wege. Und auch bei der Verfolgung hat er so seine Methoden. Er ist hartnäckig. So furchtbar hartnäckig. Das ist das Grauenvolle daran: diese blinde, sture Beharrlichkeit, mit der er mir nachstellt.«

Jorman schwieg. Dann schüttelte er den Kopf.

»Zugegeben, Sie haben mich neugierig gemacht«, sagte er zu Carraden. »Es gibt eindeutig Dinge, die Sie mir nicht erzählen wollen. Der Grund für seine verbissene Jagd nach Ihnen ist vermutlich einer davon.«

»Richtig«, räumte der Engländer ein. »Es geschah während der Ausgrabung des alten Tut-Anch-Tothet. Es ging um etwas,

was ich getan habe. Ein Gesetz, gegen das ich verstoßen habe. Ein Gesetz, das ich kannte, aber … nun ja, weitergemacht habe ich dennoch.

Wir haben einige Gegenstände gefunden, von denen die Presse nichts erfahren hat. Ein paar Papyrusrollen, ein paar Tontafeln. Und hinter dem Hauptgrabmal ein kleineres …

Aber mehr kann ich Ihnen nicht erzählen. Ich verstieß gegen ein uraltes Gesetz, geriet in Panik und versuchte, den Konsequenzen zu entrinnen. Dabei geriet ich mit … mit ihm aneinander. Und brachte ihn gegen mich auf. Wenn es Ihnen nichts ausmacht …«

In der Stimme seines Gastgebers lag etwas Verzweifeltes. Jorman nickte.

»Sicher«, willigte er ein. »Belassen wir's dabei. Ist immerhin Ihre Sache. Vermutlich haben Sie noch nie versucht, ihn in einen Hinterhalt zu locken und die Sache mit ihm auszutragen?«

Er stellte sich vor, wie Carraden den Kopf schüttelte.

»Nützt nichts«, sagte der andere knapp. »Meine einzige Sicherheit liegt in der Flucht. Also zog ich immer weiter. In Frisco wähnte ich mich zunächst sicher. Doch diesmal war er mir beinahe umgehend auf den Fersen. In einer nebligen Nacht hörte ich ihn auf der Straße. Ich entkam durch die Hintertür und rannte, so schnell ich konnte. Schaffte es nach Kanada.

Mitten im Nirgendwo ließ ich mich nieder, im weiten, hügeligen Grasland, ohne Nachbarn weit und breit. Wo niemand auch nur an mich denken, geschweige denn mit mir oder über mich sprechen würde. Knapp ein Jahr lang war ich dort in Sicherheit. Doch am Ende erwies es sich … nun ja, fast als Fehler.«

Mit einem Scheppern stellte Carraden seine Tasse ab. In Jormans Vorstellung war ihm beinahe die Tasse aus den zitternden Händen geglitten.

»Sehen Sie, da draußen in der Prärie hörte ich keine Schritte. Diesmal kam er nachts, wie gewöhnlich, und ehe ich mich versah, hatte er mich schon fast. Und mein Pferd lahmte. Ich entkam zwar. Aber nur knapp. Knapper, als mir lieb war …

Also kam ich nach New York. Seitdem bin ich hier, mitten in der Stadt. Unter Menschen. So viele Millionen, die meinen Weg kreuzen und die Spur verwischen, die Witterung beeinträchtigen …«

»Die Witterung?«, rief Jorman aus.

Carraden hustete. »Ich habe wohl mehr preisgegeben, als ich wollte«, gab er zu. »Ja, genau. Er wittert mich. Teilweise zumindest. Ist schwer zu erklären. Nennen Sie's die nicht greifbaren Beweise meiner Anwesenheit.«

»Klar.« Die Stimme des Mannes flehte derart um Vertrauen, dass Jorman nickte, obwohl seine Sicht auf die Dinge alles andere als klar war.

»Hier bin ich nun seit nicht ganz einem Jahr«, erzählte der Engländer. »Fast zwölf Monate ohne ein Lebenszeichen von ihm. Ich war immer vorsichtig, ach, was war ich vorsichtig! In meinem Bau wie ein verschrecktes Karnickel.

Die meiste Zeit war ich genau hier, am Times Square, wo

unzählige Menschen jeden Tag meine Spur verwischen. Habe mich in meinen zwei Zimmern verschanzt – hinter dem hier ist noch ein Schlafzimmer – und ging nur tagsüber hinaus. Gewöhnlich ist er bei Nacht unterwegs. Bei Tag verwirren ihn die Menschen. Am liebsten sind ihm die einsamen Stunden spät in der Nacht. Und genau dann liege ich hier, wachsam lauschend …

Außer in stürmischen Nächten wie heute. Unwetter erschwert ihm die Sache. Der Regen spült meinen Geruch weg, das Wüten des Windes und der Elemente verwischt meine kaum wahrnehmbare Spur. Deshalb habe ich mich heute Nacht hinausgewagt.

Eines Tages wird er mich finden, sogar hier«, fuhr Sir Andrew Carraden mit angestrengter Stimme fort. »Ich bin bereit. Ich werde ihn kommen hören – hoffe ich –, und wenn er diese Tür aufbricht, werde ich durch die andere, die im Schlafzimmer, entwischen. Schon früh habe ich gelernt, wie töricht es ist, sich an einem Ort mit nur einem Ausgang zu verstecken. Inzwischen verfüge ich immer mindestens über einen Notausgang.

Glauben Sie mir, es ist ein schauderhaftes Dasein. Die durchwachten Nächte, lauschend, nach ihm lauschend, das beklommene Herz, das Hochschrecken, die fortwährende Angst …«

Carraden beendete seinen Satz nicht. Er schwieg, vermutlich, um die Beherrschung wiederzuerlangen. Dann quietschen die Federn seines Sessels, als er sich vorbeugte.

»Schauen Sie«, sagte der Engländer dann mit so verzweifeltem Ernst, dass seine Stimme bebte. »Bestimmt fragen Sie sich, ob ich Sie nur hergebracht habe, um Ihnen diese Geschichte zu erzählen. Mitnichten. Ich hatte ein Ziel. Ich wollte sehen, wie Sie reagieren. Und ich bin zufrieden. Jedenfalls scheinen Sie mir zu glauben; und sollten Sie mich für verrückt halten, so lassen Sie mir ja vielleicht dennoch meinen Willen. Ich möchte Ihnen einen Vorschlag unterbreiten.«

Jorman setzte sich aufrechter hin. »Ja?«, fragte er mit einer Miene, die Unsicherheit ausdrückte. »Was –?«

»Was für einen Vorschlag?«, beendete Carraden den Satz. »Den folgenden: Dass Sie mir helfen und nach ihm lauschen.«

Unwillkürlich riss Jorman den Kopf hoch und hätte so, wäre er nicht blind gewesen, dem anderen ins Gesicht geblickt.

»Nach Ihrem Widersacher?«

»Ja«, sagte der Engländer heiser. »Horchen Sie auf sein Kommen. Wie eine Wache. Ein Außenposten. Sie sind doch immer abends ab sechs unten in Ihrem Kiosk. Bis spätnachts sind Sie da. Keine fünfzig Meter vom Hotel entfernt.

Wenn er kommt, geht er an Ihnen vorbei. Er muss zwangsläufig ein Weilchen suchen, um die Fährte auszumachen – hin und her, vor und zurück, so wie ein Jagdhund.

Er geht vielleicht erst drei- oder viermal vorbei, um sich zu vergewissern. Sie haben ein gutes Gehör. Falls er während Ihrer Schicht vorbeikommt, hören Sie ihn ganz bestimmt.«

Carradens Stimme wurde hastiger, versuchte krampfhaft, ihn zu überzeugen.

»Und wenn Sie ihn hören, dann lassen Sie es mich wissen.

Ich werde den Portier instruieren, dass er auf Ihr Zeichen hin herüberkommt. Oder Sie kommen hierher; das schaffen Sie spielend, nur fünfzig Schritte. Irgendwie müssen Sie mich aber warnen. Nun machen Sie schon, sagen Sie's!«

Jorman zögerte mit seiner Antwort. Sir Andrew fasste sein Schweigen falsch auf.

»Falls Sie sich fürchten«, sagte er, »dazu gibt es keinen Grund. Er wird Sie nicht angreifen. Nur mich.«

»Da mache ich mir keine Sorgen«, erwiderte Jorman aufrichtig. »Ihre Erzählung ist nicht so leicht zu durchschauen, und – da will ich offen sein – ich bin mir nicht ganz sicher, ob Sie bei Verstand sind oder nicht. Aber es würde mir nichts ausmachen, für Sie die Ohren offen zu halten. Allerdings kenne ich seinen Schritt ja überhaupt nicht.«

Carraden entfuhr ein leiser Seufzer, er zügelte sich jedoch sofort.

»Guter Mann!« Er sprach leise, aber in seiner Stimme lag Erleichterung. »Sie tun es also. Der letzte Teil ist kinderleicht. Ich habe ihn schon mehrfach gehört. Ich glaube seinen Schritt für Sie nachahmen zu können. Nur eines macht mir Sorgen.

Er ... nicht jeder kann ihn hören. Aber ich zähle darauf, dass Ihre Blindheit Ihren Ohren zusätzliches Feingefühl verleiht ... Wie dem auch sei. Wir müssen es versuchen. Geben Sie mir einen Moment.«

Schweigend saß Jorman da und wartete. Der Regen, der an die Scheiben zweier Fenster prasselte, ließ merklich nach. Irgendwo in der Ferne heulte eine Feuerwehrsirene.

Carraden machte ein paar zaghafte Schabgeräusche mit Händen oder Füßen auf dem Boden.

»Ich hab's!«, verkündete er. »Ich habe an jeder Hand einen Pantoffel. So hört sich das an.«

Mit den weich besohlten Hausschuhen machte er das Schlurfen eines großen, nackten Fußes nach – ein sich wiederholendes Geräusch, *schlurf-schlurf*, gefolgt von einer Pause, dann erneut das Geräusch.

»Wenn Sie ganz genau hinhorchen«, sagte er, »dann hören Sie bei jedem Schritt ein schwaches Klacken oder Kratzen von Krallen. Aber ...«

Da hörte Jorman ihn sich aufrichten, wissend, dass Carraden ihn anstarrte.

»Was ist?«, rief der Engländer beunruhigt.

»Was stimmt denn nicht?«

Angespannt saß Jorman da, die Finger in die Armlehne gekrallt.

»Sir Andrew«, flüsterte er, »Sir Andrew! Diese Schritte kenne ich. Vor einer Stunde ist er im Regen an meinem Kiosk vorbeigegangen.«

In der langen Stille, die darauf folgte, konnte Jorman erahnen, wie das Blut aus dem Gesicht seines Gegenübers wich, wie seine Hände sich verkrampften.

»Heute Nacht?«, fragte Carraden dann, schroff und so leise, dass Jorman ihn kaum hören konnte. »Heute Nacht?«

»Nur ein paar Minuten vor Ihnen«, platzte Jorman heraus. »Ich hörte Schritte – *seine* Schritte – vorbeischlurfen. Der Hund ist aufgewacht und hat geknurrt. Sie kamen langsam näher, blieben stehen und liefen dann weiter.«

Der Engländer holte Luft. »Weiter! Was dann?«

»Sie bogen ab. In die 7th Avenue, nach Süden.«

Sir Andrew Carraden sprang auf, durchmaß das Zimmer, fuhr herum, kam zurück.

»Endlich hat er mich aufgespürt!« In seiner Stimme schwang etwas Wahnsinniges mit. »Ich muss weg. Heute Nacht noch. Jetzt. Er bog nach Süden ab, sagen Sie?«

Jorman nickte.

»Aber das heißt nichts.« Carraden sprach schnell, als würde er laut denken. »Er wird feststellen, dass er die Fährte verloren hat. Er wird kehrtmachen. Und inzwischen habe ich ja eine frische Spur gelegt. Der Regen hat sie vielleicht noch nicht ganz weggespült. Er könnte sie entdeckt haben. Er könnte schon auf der Treppe sein. Wo ist meine Tasche? Mein Pass? Mein Geld? Alles in meinem Sekretär. Entschuldigen Sie mich. Warten Sie hier.«

Jorman hörte, wie eine Tür aufgerissen wurde, hörte den Mann ins angrenzende Schlafzimmer hasten, hörte eine Schublade quietschen.

Dann wieder Carradens Schritte. Kurz darauf wurde ein Riegel zurückgeschoben. Dann klapperte die Tür. Sekunden verstrichen und wieder klapperte es, energisch. Noch einmal, gewaltsam diesmal. In der darauffolgenden Stille hörte Jorman Carraden schnaufen.

»Die Tür geht nicht auf!« In der Stimme des Engländers

schwang Angst mit. »Im Schloss muss ein Schlüssel stecken. Von außen.«

Eilig kam er ins Wohnzimmer zurück und blieb neben Jorman stehen.

»Die Nachricht!« Er stieß die Worte hervor. »Die der Rezeptionist mir gegeben hat. Ich frage mich, ob –«

Papier ratschte entzwei. Sir Andrew Carraden fluchte.

»Dieser Narr!«, schluchzte er beinahe. »Dieser verdammte Narr.

›Sehr geehrter Mr Carraden‹«, seine Stimme zitterte nun, »›Die Malerarbeiten im Flur auf der Nordseite Ihrer Suite machten heute Nachmittag das Öffnen Ihrer Tür erforderlich. Beim Abschließen verkantete versehentlich ein Schlüssel im Schloss und ließ sich nicht wieder herausziehen. Unser Schlüsseldienst wird Ihr Schloss unverzüglich morgen früh reparieren. In der Hoffnung, dass Ihnen dadurch keine Unannehmlichkeiten –‹ Der Himmel erlöse uns von den Narren!« Sir Andrew rang nach Luft. »Zum Glück bleibt noch Zeit, um hier hinauszukommen. Los, los, hocken Sie nicht so herum. Ich begleite Sie nach unten. Aber wir müssen uns beeilen.«

Jorman hörte die Zähne des anderen vor übermäßiger Erregung leise klappern, spürte die Muskeln des Mannes vor Angst zittern, als er nach Sir Andrews Arm griff, um sich aufzuhelfen. Und da, als er sich gerade hochhieven wollte, packte er den Engländer am Handgelenk.

»Carraden!«, flüsterte er. »Carraden! *Hören Sie!*«

Der andere stellte keine Fragen. Unter seinen Fingern spürte Jorman die bebenden Muskeln. Und wie eine Hand, die ihnen die Luft abdrückte, schien eine Stille das Zimmer einzunehmen. Da war nicht einmal das schwache, ferne Rauschen des Verkehrs, das sie unterbrochen hätte.

Dann hörten sie es. Draußen im Flur. Das leise, sanfte Geräusch schlurfender Schritte …

Mit seinem kläglichen Winseln brach Foxfire den Bann.

»Da …«, Carraden keuchte mehr, als dass er sprach. »Da draußen ist er!«

Er ließ Jorman stehen. Der hörte ihn mit verzweifelter Kraft etwas Schweres schieben. Rollen quietschten. Ein Möbelstück kippte um und krachte von innen gegen die Tür.

»So!«, ächzte Carraden. »Der Schreibtisch. Und die Tür ist verriegelt. Das wird ihn kurz aufhalten. Warten Sie hier. Halten Sie den Hund fest. Sie wird er nicht beachten. Auf mich hat er es abgesehen. Ich muss die andere Tür aufkriegen, bevor er hereinkommt.«

Seine Schritte entfernten sich ins Schlafzimmer. Jorman blieb sitzen, Foxfire unterm Arm, so angespannt, dass seine Muskeln vor schierer Angst schmerzten.

Aus dem Schlafzimmer ertönte ein Krach, als ob sich jemand gegen eine geschlossene Tür warf, die einfach nicht klein beigab. Doch über all den Lärm hinweg konnte Jorman hören, wie die verbarrikadierte Tür – die Tür, hinter der *er* war – langsam nachgab.

Kreischend brachen Nägel aus dem Holz. Angeln ächzten. Und alles – Tür, Rahmen, Schreibtisch – ruckte ein paar Zentimeter nach innen. Eine Pause, und dann wieder dieser schreckliche, erbarmungslose Druck von der anderen Seite. Mit lautem Krachen gab die Tür nach und brach nach innen durch.

Und durch das verhallende Krachen vernahm Jorman das *Schlurf-schlurf* von Füßen auf dem Weg hin zum Schlafzimmer.

Im Schlafzimmer nahmen Sir Andrew Carradens Bemühungen, die Tür aufzubrechen, ein jähes Ende. Dann schrie der Engländer, ein animalischer Schrei nackter Angst, aus dem alle Verstandeskraft gewichen war. Das Fenster im Schlafzimmer barst mit einer Wucht, die das Glas splittern ließ.

Dann herrschte kurz Stille, bis Jormans feines Gehör von der Straße fünf Stockwerke tiefer her einen Aufprall auf dem Gehsteig vernahm.

Sir Andrew Carraden war gesprungen …

Irgendwie brachte Jorman die Kraft auf und kam strauchelnd auf die Beine. Er rannte zur Tür und fiel über ihre Überreste. Ohne seine Verletzungen wahrzunehmen, rappelte er sich wieder hoch, wankte hinaus und den Flur hinunter.

Seine suchenden Hände ertasteten eine metallverkleidete Tür und er riss sie auf. Dahinter war ein Geländer. Eine Treppe. Er erfühlte sich seinen Weg nach unten.

Wie viele Minuten es gedauert hatte, bis er das Foyer erreicht hatte, sich an dem erschrockenen Rezeptionisten vorbei auf die Straße getastet hatte, er wusste es nicht. Oder ob er es vor *ihm* nach unten geschafft hatte – diesem unmenschlichen Ding, das Jagd auf Sir Andrew Carraden gemacht hatte.

Endlich draußen auf dem nassen Gehsteig, blieb er, die kühle Nachtluft im Gesicht, stehen und rang schluchzend nach Luft. Und wie er dastand, gingen Schritte, schlurfende Schritte, dicht hinter ihm vorbei und bogen nach Westen ab.

Sodann vernahm er etwas Erstaunliches. Er hörte auch Sir Andrew Carraden, ein paar Meter entfernt, in die andere Richtung laufen.

Sir Andrew Carraden war fünf Stockwerke tief gefallen. Und konnte immer noch gehen …

Nein, nicht gehen. Denn der Mann beschleunigte das Tempo. Er lief. Er rannte. Und hinter Carradens schnellen Schritten kamen *seine:* die des Widersachers, nun auch zügiger, begleitet von einem Kratzen auf dem Asphalt bei jedem Auftreten. Vielleicht von Krallen …

»Sir Andrew!«, rief Jorman laut, wie von Sinnen. »Sir An–«

Beim Versuch, ihm zu folgen, stolperte er und fiel beinahe hin. Von hinten eilte der Rezeptionist herbei. Er rief etwas, Jorman hörte ihn jedoch nicht. Gebückt stand er da und seine Hand erkundete das Etwas, worüber er gestolpert war.

»Sie!«, rief Jorman keuchend nach dem bibbernden Rezeptionisten. »Sagen Sie schnell! Ich muss es wissen. Wie sah der … der Mann aus, der mir eben aus dem Hotel gefolgt ist?«

»G-gefolgt?«, stammelte der Rezeptionist. »Niemand ist Ihnen gefolgt. Keine Menschenseele. Außer Ihnen war hier in der letzten halben Stunde ni-niemand. Warum denn bloß? Warum ist er gesprungen?«

Jorman gab ihm keine Antwort. »Steh uns bei«, flüsterte er, wie zum Gebet. »Der Himmel steh uns bei!«

Seine Hand ertastete Andrew Carradens toten Körper, der auf dem Gehsteig lag.

Er jedoch hörte noch immer die Schritte der beiden, weiter und weiter die Straße entlang, bis nicht einmal er sie noch ausmachen konnte. Der Gejagte auf der Flucht, der unsichtbare Jäger auf seinen Fersen, noch über die Grenzen zwischen Leben und Tod hinaus …

Mr Miltons Gabe

Diese Geschichte wird Fragen beantworten, die ihr euch vermutlich schon hundertmal gestellt habt. Und am Ende werdet ihr sehen, dass dies hier die nahezu einzig mögliche Antwort ist, auch wenn das eine oder andere sich zunächst überraschend anhören mag.

Der Mensch, von dem ich erzählen will, ist Homer Milton, zum Zeitpunkt des Geschehens dreiunddreißig Jahre alt: ein netter, ruhiger Zeitgenosse, der seine Nase nicht in andere Angelegenheiten steckte und seit acht Jahren mit einer sehr hübschen Frau namens Martha verheiratet war, die er überaus liebte. Homer hatte eine Stelle als Buchhalter, und sein Chef,

Mr Springer, war eine harte Nuss und ließ ihn oft bis spät in den Abend hinein arbeiten.

An diesem besonderen Abend hatte Mr Springer ihn noch länger dabehalten als sonst. Da zudem Martha Geburtstag hatte, betrat Homer zufällig *Allerley treffliche Gaben*, um ein Geschenk für sie zu kaufen. Der Laden war Homer bisher noch nie aufgefallen, an diesem besonderen Abend aber ging er einen anderen Weg vom Büro nach Hause, und da war er, zwischen einem freien Parkplatz auf der einen und einer Lagerhalle auf der anderen Seite.

Der Laden war dunkel, abgesehen von einem schwachen gelben Licht, das durch das staubige Fenster schien, gerade hell genug, um die auf die Scheibe gemalten Wörter erkennen zu lassen: *Allerley treffliche Gaben*. Keineswegs machte er viel her. Nun stand er aber eben da, so gut wie zu Hause, und weil Martha ein schönes Geschenk erwartete und jeder andere Laden im Viertel geschlossen hatte … deshalb ging Homer also hinein.

Drinnen jedoch kam er zu dem Schluss, einen Fehler begangen zu haben. Von innen erweckte der Laden noch weniger den Eindruck von allerley Trefflichem als vielmehr von allerley Plunder. In einer Ecke stand etwas, was nach einem Ei in der Größe eines Scheffelkorbs aussah, und von der Decke hing ein Paar alte Hausschuhe mit kleinen Flügeln an den Absätzen. Homer hätte schwören können, die Flügel hätten kurz geschlagen, doch natürlich handelte es sich bloß um eine Täuschung durch die Schatten, die die alte Öllampe an der Decke warf.

Das war längst nicht alles, er konnte das übrige Angebot jedoch nicht richtig erkennen, da es von einer edlen Auswahl Spinnweben bedeckt war. Er hatte allerdings genug gesehen und beschlossen, sein Geld anderswo auszugeben, als er hinter sich ein Räuspern hörte.

Homer fuhr herum. Da, an einer langen, staubigen Theke, stand der Ladeninhaber und blickte ihn an. Vermutlich war er nicht mehr als einen Meter zwanzig groß – mit Homers mittlerem Mantelknopf befand er sich auf Augenhöhe. Gar neugierige Augen waren das – groß und rund und leuchtend gelb wie ein Halloweenkürbis – und sie saßen in einem spitzen Gesicht, das durch zwei ungewöhnlich lange und spitze Ohren noch kleiner wirkte.

»Guten Abend, Mr Milton«, sagte das Männlein sehr freundlich. Die gelben Kürbisaugen blinzelten einmal und ein Ohr zuckte. »Kann ich etwas für Sie tun?«

»Hm«, murmelte Homer, »ich suche bloß nach einem Geschenk für meine Frau. Aber ich sehe hier nichts Passendes.« Und damit wollte er zur Tür gehen. Daraus wurde jedoch nichts. Ein langer, dünner Arm – wie aus Gummi – schnellte hervor, bekam ihn am Mantel zu fassen und zog ihn zurück.

»Aber Sir!« Der seltsame Ladeninhaber legte den Kopf schief und strahlte Homer mit seinen großen, gelben Augen an. »Eine Gabe für die Gemahlin? Ganz genau! Zählt sie zur nörgelnden Sorte? Ist sie extravagant, geschwätzig, gierig? Oder sind Sie ihrer, wie es des Öfteren vorkommt, einfach grundlos überdrüssig?«

»Aber … aber nein«, stammelte Homer. »Überhaupt nicht.«

»Macht nichts«, sagte das Männlein und rieb sich die trockenen, rauen Hände. »Sie haben Ihre Gründe. Was Sie auch wünschen, wir haben es. Antimon, Schlierlingsgeist, Seidenstrick, Bilsenkraut – was ist Ihnen lieber? Wenn ich Ihnen einen Vorschlag machen darf: Ich rate Ihnen zu meinem speziellen Geistvertreibpuder. Bestäuben Sie damit die schlafende Gattin und aller Verdruss gehört der Vergangenheit an.«

»Aber das will ich doch gar nicht!«, entgegnete Homer ungehalten. »Ich liebe meine Frau. Sie macht sich vielleicht zu viele Sorgen, dass ich bei schlechtem Wetter auch ja meine Gummistiefel trage, und sie ist enttäuscht, wenn ich ihren Geburtstag oder unseren Hochzeitstag vergesse, aber davon abgesehen kann ich nicht klagen.«

»Höchst außergewöhnlich!« Die gelben Augen blinzelten zweimal. »Kann mich nicht entsinnen, wann ein Ehemann in den letzten Jahrhunderten so etwas zu mir gesagt hätte. Ich muss nachdenken.«

Das spitze Kinn in eine Hand gestützt und mit geschlossenen Lidern überlegte er ein Weilchen. Dann strahlte er Homer an.

»Damit ich es richtig verstehe«, sagte er, »Sie wollen Ihrer Frau als Beweis Ihrer Zuneigung etwas schenken. Mein Irrtum. Gewöhnlich verkaufe ich Derartiges ausschließlich an Brautleute. Nun denn: Was für eine Gabe hatten Sie sich denn vorgestellt?«

»Na ja, ein Geschenk eben«, sagte Homer. »Etwas, womit ich ihr meine Liebe zeigen kann und das sie zufriedenstellt, damit ich meine restliche Arbeit für heute erledigen kann. Ich dachte an ein silbernes Sahnekännchen.«

»Ein silbernes Sahnekännchen! Mein lieber Herr, solche Waren gehen nicht über meinen Ladentisch! Sie wollten doch eine Gabe oder etwa nicht? Voilà, genau das verkaufe ich hier – Gaben. Nun geben Sie mir schon einen Hinweis, was Ihrer Frau gefallen könnte. Was begehrt sie wohl am meisten oder welchen Mangel verspürt sie am stärksten? Ach, und nennen Sie mich Clarence. Das ist mein Name.«

»Also … äh … Mr Clarence«, murmelte Homer Milton, inzwischen zutiefst verwirrt, »am meisten wünscht sie sich wohl, dass ich mehr Geld verdiene. Ich kann nicht gut um Gehaltserhöhungen bitten und mit Mr Springer redet es sich ganz und gar nicht leicht, deshalb …«

»Die Gabe des Geldverdienens!« Clarence rieb sich die Hände. »Jetzt machen wir Fortschritte. Das würde ihr gefallen, ja? Wenn Sie die Gabe zum Geldverdienen besäßen?«

»Aber ja«, stimmte Homer zu. »Das wäre aber eine Gabe, die *ich* haben müsste und … Warten Sie, ich komme ganz durcheinander. Vorhin sprachen wir über eine Sorte Geschenk und jetzt über eine andere. Ein Geschenk zum Geburtstag und die Gabe des Geldverdienens sind doch nicht dasselbe.«

»Na, na, na«, machte Clarence. »Eine Gabe ist eine Gabe. Wir haben nur die eine Sorte – das Original. Die Gabe des Geldverdienens würde Ihrer Frau zum Geburtstag sicher gefallen.«

»Aber …« Mittlerweile drehte sich Homer der Kopf. »Wie

soll ich das denn Martha erklären, dass ich die Gabe des Geldverdienens besitze, was wiederum ihr Geburtstagsgeschenk ist, weil … oje«, stöhnte er. »Mir ist nicht gut. Ich muss gehen. Wirklich. Ich komme ein andermal wieder.«

Clarence' Hand schnellte erneut hervor und packte ihn am Kragen.

»Unsinn!«, sagte das Männlein. »Haben Sie zehn Dollar?«

»Ja.« Homer schluckte. »Aber …«

»Dann sind wir im Geschäft. Nehmen Sie meine Hand.« Er streckte ihm eine lange, dünne Hand hin, die sich seltsam kühl und trocken anfühlte, und Homer ergriff sie. Er konnte nicht anders.

»Schilling, Pfund und Dollar, womit man so bezahlt«, sang Clarence mit geschlossenen Augen. »Die Hand weiß zu verdienen, Scheinchen wie gemalt. Abrakadabra et cetera.«

Die gelben Augen öffneten sich.

»So«, sagte das Männlein. »Fertig. Mehr Zauberspruch braucht eine so einfache Gabe wie diese hier nicht. Zehn Dollar, bitte sehr.«

Wie benommen holte Homer sein Portemonnaie hervor und gab ihm das Geld.

»Und nun«, sagte Clarence, »haben Sie Anspruch auf unser Gratisangebot, ganz exklusiv nur dieses Jahr – eine weitere Gabe kostenlos zu jeder bereits erworbenen. Halten Sie noch einmal die Hand auf.«

Homer wollte sich widersetzen, doch Clarence packte ihn.

»Sonne, Wonne, Liebe, Diebe, rot, tot«, sang er, die Lider

zugekniffen. »Von nun an sind Sie ein Poet, so wie er im Buche steht. Abrakadabra et cetera.«

Er öffnete die Augen und strahlte Homer an.

»So!«, sagte er. »Nun verfügen Sie auch über die Gabe der Dichtkunst. Nur die scheint mir für Ihren Namen wirklich angemessen. Homer und Milton! Fabelhafte Burschen, alle beide. Und großartige Dichter. Jedenfalls freue ich mich über Ihren Besuch. Seit Ewigkeiten hatte ich keine Kundschaft mehr und war schon kurz davor, den Laden zu schließen und weiterzuziehen. Kommen Sie jederzeit vorbei, wenn Sie eine neue Gabe wünschen. Ich habe die feinsten Gaben diesseits des Äquators auf Lager: Plapperei, Musik, Mut, Hellsehen, Optimismus, Pünktlichkeit – all das und noch vieles mehr. Auf Wiedersehen, Mr Milton.«

Rasch verbeugte er sich und im Nu fand sich Homer auf der Straße wieder und fragte sich, woher Clarence seinen Namen gewusst hatte.

Drei Häuserblocks dauerte es, bis Homer sich wieder einigermaßen gefangen hatte. Er beschloss, seine zehn Dollar nicht zurückzufordern – wer wusste, was sonst passieren würde. An einer Sache bestand jedoch kein Zweifel: Er musste die ganze Angelegenheit vor Martha geheim halten.

Und er musste noch ein Geschenk für sie finden.

Dies erwies sich als kein Problem. Nur einen Häuserblock von seiner Wohnung entfernt gab es einen Gebrauchtwarenladen und er erwischte den Besitzer, just als dieser schließen wollte. Homer kaufte ein silbernes Sahnekännchen, das der

Mann auf Hochglanz poliert hatte, sodass keinerlei Gebrauchsspuren zu sehen waren. Beide stutzten kurz, als Homer sagte: »Ein Präsent für die Gattin soll es sein, ein Kännchen für Sahne wär wirklich fein«, dann schmunzelten sie jedoch und nahmen an, der Reim sei ein Versehen gewesen.

Gedanken machte sich Homer erst so langsam, als er nach Hause kam, Martha das Kännchen überreichte und liebevoll sagte: »Ein kleines Geschenk, mein Schatz, für dich, hoffentlich nicht zu absonderlich. Nichts Ausgefall'nes wollt ich wagen, einfach nur ›Ich lieb dich‹ sagen.«

Martha starrte ihn an und er erwiderte ihren Blick entgeistert. Doch dann lachte sie und tätschelte ihn an der Wange.

»Wie albern du bist!«, sagte sie. »Sogar ein passendes Gedicht denkst du dir aus. Es macht mich so glücklich, dass du nicht vergessen hast, welcher Tag heute ist. Und ich habe dir ein besonderes Abendessen gekocht – Roastbeef, Kartoffelbrei und Erbsen, und zum Nachtisch Eis.«

»Das Essen klingt wie ein Gedicht, doch dünner macht's mich sicher nicht«, erwiderte Homer begeistert. »Roastbeef und Kartoffelbrei, ach, wie sehr ich mich da freu; das verspeis ich wie im Flug, meinst du denn, es gibt genug?«

Befremdet blickte Martha ihn an.

»Homer, du redest so komisch. Auch wenn es nur ein Scherz ist, möchte ich, dass du damit aufhörst.«

»Sicher, Schatz, das mach ich gern«, murmelte Homer, schlug die Zeitung auf und ließ sich damit in seinen Sessel fallen. »Dich zu ärgern liegt mir fern.«

Und anstatt ein weiteres Gespräch zu riskieren, widmete er sich dem Sportteil. Im Kopf hatte er jedoch alles andere als den Tabellenstand im Baseball.

In Gedanken war er wieder bei *Allerley Treffliche Gaben*. Und ein schrecklicher Verdacht überkam ihn, dass Clarence, der merkwürdige Ladeninhaber …

Das war aber doch unmöglich! Das konnte nicht sein!

»Nein, das ist einfach nicht wahr!«, murmelte er vor sich hin. »Das wär doch gar zu sonderbar!«

Als ihm auffiel, dass er schon wieder gereimt hatte, schwieg er still. Es mochte nicht wahr sein, aber dennoch …

Das Abendessen verlief angespannt. Martha warf ihm immer wieder seltsame Blicke zu und Homer beschränkte seinen Beitrag zur Unterhaltung auf einsilbige Wörter. Als sie mit dem Essen fertig waren, standen Martha fast die Tränen in den Augen. Demonstrativ stellte sie das Sahnekännchen außer Sichtweite und nach dem Geschirrspülen ging sie zu Bett, ohne Gute Nacht zu sagen.

Unglücklich holte Homer das Kassenbuch hervor, das er mit nach Hause genommen hatte, und machte sich an die Arbeit. Er zog die Kappe von dem schönen Schweizer Füllfederhalter, den Martha ihm zur Hochzeit geschenkt hatte und der schwarz, grün, blau oder rot schreiben konnte. Hierzulande hatte er noch nie etwas Vergleichbares gesehen, und wenn er ihn in den Fingern hielt, war die Arbeit für ihn ein Vergnügen. Heute jedoch nicht. Immer wieder schweifte er in Gedanken ab.

Er ertappte sich mit Marthas Schere in der Hand, wie er

ziellos ein Stück Briefpapier in Vierecke zerschnitt. Strikt wandte er sich wieder dem Kassenbuch zu – doch seine Gedanken gehorchten ihm nicht. Immer wieder dachte er an *Allerley Treffliche Gaben* und Clarence und fragte sich, ob …

Doch je länger er über die merkwürdigen Ereignisse nachdachte, umso verwirrter wurde er. Seine Gedanken jagten einander wie Mäuse, die Fangen spielten. Dann schrak er hoch und stellte fest, dass er wer weiß wie lang dagesessen, vor sich hingeträumt und mit seinem Federhalter auf den Papierrechtecken herumgekritzelt hatte. Ebenso gut konnte er ins Bett gehen.

Das Frühstück am nächsten Morgen war kein besonders guter Start in den Tag, obwohl Homer mit einer Entschuldigung auf den Lippen an den Tisch kam.

»Mein Schatz, ich wünsch dir Guten Morgen, frisch und heiter, ohne Sorgen«, sagte er. »Was für ein feiner Kaffeeduft, ein schöner Tag liegt in der Luft. Ich denke doch, ich bin so frei und nehme heut ein Spiegelei.«

Der Hauch eines Lächelns wich aus den klaren Zügen seiner Frau. Ihre Lippen wurden schmal und ihre Antwort beschränkte sich auf eine einzelne Träne, die ihr aus dem Augenwinkel lief.

Homer aß seinen Toast auf und trank seinen Kaffee aus, ließ die Eier ausfallen, nahm seinen Hut und die Aktentasche und ging zur Tür. Dann drehte er sich um wie immer und wollte Martha zum Abschied einen Kuss geben.

»Homer«, sagte sie da, »willst du wirklich heute ins Büro?

Ich meine … du könntest ja krank sein. Vielleicht solltest du zu Dr. Phelps gehen. Ich dachte, du veralberst mich bloß, aber …«

»Krank bin ich kein bisschen, statt Pillen gib mir ein Küsschen«, sagte Homer würdevoll. »Falls du dich grämst, tut es mir leid, doch zum Erklären fehlt die Zeit. Viel zu spät bin ich schon dran, was Springer gar nicht leiden kann. Muss jetzt zur Arbeit, denn du weißt, mich zu drücken wäre dreist.«

Dann zog er, während in Marthas klaren blauen Augen erneut die Tränen aufstiegen, hastig die Tür hinter sich zu. Es war schrecklich, sie so zu beunruhigen, aber wenn er ihr nun die Wahrheit erzählte? Ganz sicher würde sie ihn für verrückt halten und sich noch schlimmere Sorgen machen.

Homer versuchte seine Probleme zu vergessen, indem er sich mit Betreten des Büros in die Arbeit stürzte. Doch er hatte kaum das Kassenbuch aufgeschlagen, da läutete das Telefon. Es war Martha.

»Homer!«, sagte sie liebevoll. »Du Schatz! Und ich habe mich so aufgeregt. Ist aber schon eine komische Art, mir so ein hübsches Geschenk zu machen.«

»Hm, was sagst du da, mein Schatz?«, fragte Homer verblüfft. »Wiederhol doch bitte den letzten Satz.«

»Ich sagte, du bist ein Schatz, dass du es auf die Kommode gelegt hast, damit ich es finde und mir dadurch klar wird, wie lieb du eigentlich zu mir warst. Ich muss jetzt aufhören – ich fahre gleich in die Stadt.«

Sie legte auf und Homer ebenfalls. Er hatte keinen Schimmer, wovon sie sprach, und auch keine Zeit, darüber nachzudenken, denn die Geschäftsbücher wollten gemacht werden und Mr Springer würde sie bei seinem Eintreffen umgehend sehen wollen. Also stürzte Homer sich in die Arbeit. Diesmal war ihm das Glück hold. Die Zahlen gingen auf und Mr Springer kam erst kurz vor Mittag herein. Bis dahin hatte Homer die Bücher fertig und hatte sich, tagträumend und mit seinem Federhalter vor sich hin kritzelnd, zurückgelehnt. Er überlegte: Angenommen, er erlangte eines Tages tatsächlich die Gabe des Geldverdienens und wurde reich? Als Erstes würde er mit Martha eine zweite Hochzeitsreise machen, einmal um die Welt und dann …

»Milton!«

Homer sprang auf. Mr Springer persönlich stand neben seinem Stuhl, blickte auf ihn herab, sein Fischgesicht puterrot.

»Seit fünf Minuten rufe ich schon nach Ihnen!«

»Mr Springer, tut mir leid, vergessen hab ich wohl die Zeit«, murmelte Homer und sammelte die Bücher auf. Mr Springer stolzierte in sein Büro und Homer lief hinterher. Dann saß er einfach nur da, während Mr Springer mit einem gelegentlichen Grunzen die Bücher durchblätterte. Schließlich hielt er an einer Position inne.

»Diese Rückzahlung über dreitausend Dollar für Willis & Co.«, knurrte er. »Wofür war die?«

»Ich erklär es Ihnen schon, da handelt es sich um 'ne Reklamation«, sagte Homer, ohne nachzudenken. »Ein Güterwagen verunfallte schwer, da war's mit der Lieferung auch nicht weit her. Wir zahlten Willis, die Bahn uns ohne Getue, so haben nun alle ihre Ruhe.«

»Was?« Mr Springer stand der Mund offen. »Milton, stimmt etwas nicht mit Ihnen? Sind Sie krank?«

»Nein, Sir.« Homer schluckte und machte den Mund zu, bevor er irgendetwas sagen konnte, was sich reimte.

»Sie sprechen aber sehr merkwürdig!«

Erneut wandte er sich den Büchern zu, sah Homer von Zeit zu Zeit misstrauisch aus den Augenwinkeln an. Schließlich gelangte er zur letzten Seite.

»Gut, Milton«, setzte er an, dann fiel ihm die Kinnlade noch weiter herunter als zuvor. Ungläubig starrte er auf die letzte Seite. Nervös reckte Homer den Hals, um zu sehen, was er da anschaute.

Es war ein unten auf das Blatt geklebter Hundertdollarschein.

Nein, nicht geklebt. Gezeichnet! Freilich nur die eine Seite, die mit dem Porträt Benjamin Franklins. Doch die wirkte durchaus echt.

Mr Springer fielen beinahe die Augen aus dem Kopf. Erst wollte er den Schein in die Hand nehmen. Dann fuhr er mit den Fingern darüber und stellte fest, dass er tatsächlich auf das Blatt gezeichnet war.

»Milton, was soll das heißen?«, wetterte er.

Homer schluckte schwer. Nun fiel ihm wieder ein, wie er vor sich hin gekritzelt und unterdessen davon geträumt hatte, reich zu sein – da musste er den Schein gezeichnet haben. Es war ein mustergültiger Hundertdollarschein, bis aufs letzte Strichelchen – nur hatte er ihn mit einem Füllfederhalter ins Geschäftsbuch gezeichnet!

»Das ist mir auch nicht wirklich klar«, stammelte Homer. »Gestern war der noch nicht da.«

Springers Antwort darauf sollte er nie erfahren. In dem Moment sprang die Tür auf und Miss Perkins, die Rezeptionistin, stand mit verängstigter Miene da.

»Mr Springer, da wollen zwei Männer zu Mr Milton und –«

Doch die Männer warteten nicht ab. Sie kamen herein, große Männer, derbe Männer, mit strengem Blick und kantigem Kinn.

»Finanzministerium«, sagte der eine. »Wir möchten mit Homer Milton sprechen. Seine Frau wurde gerade wegen Weitergabe eines gefälschten Hundertdollarscheins festgenommen und sie behauptet, er habe ihn ihr gegeben.«

»Ach ja?«, fragte Mr Springer. »Das hier ist Ihr Mann. Ich fand schon immer, dass er aussieht wie ein Verbrecher. Und nun entschuldigen Sie mich. Ich muss meine Wirtschaftsprüfer anrufen und eine Revision seiner gesamten Konten anweisen.«

Und so fand sich Homer im Handumdrehen im Gefängnis wieder und schwankte innerlich zwischen Entsetzen und Verwirrung. Natürlich steckten sie ihn nicht gleich in eine Zelle. Zunächst brachten sie ihn in ein großes, trostloses Gebäude, und da saß Martha, schluchzend und mit roten Augen.

»Ach, Homer«, klagte sie, »warum hast du das getan? Ja, ich habe mir zwar hübsche Sachen gewünscht, aber doch nicht so dringend, dass du Geld fälschen musstest. Ich war glücklich, das war ich wirklich!« Und abermals fing sie an zu schluchzen.

Anschließend befragten ihn die streng blickenden, kantiggesichtigen Männer, erst der eine, dann der andere. Doch je mehr Homer versuchte, die Sache mit Clarence und *Allerley Treffliche Gaben* mit diesen klingenden Reimen, die ihm entfuhren, sobald er den Mund aufmachte, zu erklären, – nun, das Ergebnis kann man sich wohl ausmalen.

»Da haben wir einen Verrückten erwischt!«, sagte einer der Männer schließlich müde. »Im Adressverzeichnis steht nichts und unsere Männer können kein Geschäft dieses Namens in dem Viertel finden. Stecken Sie ihn in eine Zelle und geben Sie ihm vierundzwanzig Stunden Zeit zum Nachdenken; dann befragen wir ihn erneut. Diese Reime machen mich wahnsinnig!«

Sie gestatteten Martha ein letztes Wort, bevor sie ihn wegbrachten.

»Das ist alles meine Schuld, mein Schatz; du hast es nur für mich getan«, schluchzte sie, klammerte sich an ihn und verknitterte mit ihren Tränen seinen Mantel. »Mir ist egal, was du getan hast, ich liebe dich und ich stehe zu dir. Der Cousin des Manns meiner Schwester, Mortimer Flugle, ist Strafverteidiger und ich werde ihn sofort für dich anheuern.«

Dieser Liebesbeweis Marthas heiterte Homer kurzzeitig auf, doch als er allein in einer kalten Zelle saß, verdüsterte sich seine Stimmung aufs Neue.

Am Abend zuvor hatte er mit seinem Federhalter ein Stück Papier vollgekritzelt – doch war es nicht bloß Kritzelei gewesen.

Unwillkürlich hatte seine Hand einen perfekten Hundertdollarschein gezeichnet.

Später im Büro hatte er wieder träumend vor sich hin gekritzelt und diesmal hatte seine Hand einen Hundertdollarschein in Mr Springers Geschäftsbücher gezeichnet. Alles nur wegen dieses albernen Zauberspruchs: »Schilling, Pfund und Dollar, womit man so bezahlt – die Hand weiß zu verdienen, Scheinchen wie gemalt. Abrakadabra et cetera.«

»Hey, Milton!«, rief die Wache. »Sie haben Besuch. Hier, Ihr Hörer. Zehn Minuten, Herr Anwalt.«

Die Zellentür ging auf und wieder zu und Homer blickte hoch zu Mortimer Flugle, dem Cousin des Mannes der Schwester seiner Frau. Mortimer Flugle war groß und schmerbäuchig, mit Dreifachkinn und einem rosigen Gesicht, das eine Brille an einem schwarzen Bändchen zierte. Er strahlte nicht nur Wohlwollen aus, es strömte aus jeder seiner Poren.

»Na, Milton«, sagte Flugle. »Anklage wegen Fälschung, was? Und offenbar auch so kunstfertig. Wie wär's, wenn Sie mir das mal erzählen?«

Trübselig zuckte Homer mit den Schultern.

»Ich hab eine Gabe, die Rechnungen blecht, schön fänd ich's, wär'n die Scheine recht.« Er seufzte. »Ich meine echt. Ich meine –«

Er hielt inne. Flugle starrte ihn befremdet an.

»Sie sind aufgebracht«, beruhigte ihn der Anwalt. »Wie wär's, wenn Sie einfach noch mal von vorn anfangen?«

Homer atmete tief durch.

»Für meine Frau suchte ich ein Geschenk, um ihr zu zeigen, dass ich an sie denk. Weil sie mir ist nicht einerlei, befiel mich Fluch und Hexerei. Eine Gabe bekam ich, jedoch mit der Hürde, dass ich durch sie zum Fälscher würde …«

Er verstummte, da Mortimer Flugle zurückgewichen war.

»Ist in Ordnung, Milton, absolut in Ordnung«, sagte Flugle. »Selbstverständlich sind Sie aufgebracht. Ich sag Ihnen was. So wie ich das verstehe, behaupten Sie, diese falsche Dollarnote mit Ihrem Füllfederhalter gezeichnet zu haben. Wie wär's, wenn Sie mir das einfach mal demonstrieren, damit ich einschätzen kann, wie aussichtsreich der Fall ist. Ich habe Ihnen Papier mitgebracht, das schon auf die richtige Größe zugeschnitten ist, und –«

Bei Homers Blick verstummte er.

»Ja, ja, natürlich«, plapperte Flugle mit dem Rücken zur Zellentür. »Machen wir es doch so: Sie schreiben stattdessen sämtliche Fakten auf, während ich mich mit den Jungs unterhalte. In gut einer halben Stunde bin ich wieder da und wir entwerfen unsere Strategie.«

Er drückte Homer Papier in die Hand, rief die Wache und verschwand fluchtartig. Homer nahm es ihm nicht übel. Er holte seinen Federhalter hervor. Doch was nützte das Aufschreiben? Wer würde die Wahrheit glauben? Und was sonst konnte er ihnen erzählen? Ihm blieb nichts anderes übrig, als auf schuldig zu plädieren und dann in Atlanta und Leavenworth einzusitzen – oder vielleicht in Alcatraz. Und vielleicht verging der Fluch währenddessen ja einfach.

In Gedanken hatte Homer seine Strafe bereits zur Hälfte abgesessen, als die Zellentür wieder aufging und Flugle erneut eintrat.

»Und, alles aufgeschrieben?«, fragte Flugle und nahm Homer den Schreibblock ab. »Dann wollen wir mal sehen ...«

Ihm entfuhr ein ersticktes »Aark!«. Er hielt den Block hoch und starrte darauf. Dann ließ er ihn sinken und sah Homer an.

»Es stimmt also!«, flüsterte er. »Sie sagten, Sie hätten eine Gabe, mein Junge – aber es ist noch mehr, es ist die nackte Genialität.«

»Was?«, fragte Homer. »Flugle, was reden Sie denn da? Oder ist das bloß Juristen-Blabla?«

Flugle überhörte die Beleidigung.

»Davon, mein Junge«, sagte er. »Davon rede ich.«

Er hielt den Block hoch und Homer wurde grünlich im Gesicht. Im Laufe seines Tagtraumes hatte er einen der Zettel in einen weiteren Hundertdollarschein verwandelt!

Er griff danach, aber Flugle steckte den Block in seine Tasche.

»Milton, nun beruhigen Sie sich«, säuselte er. »Ich verrate niemandem ein Sterbenswörtchen. Stattdessen hole ich Sie einfach selbst auf Kaution hier raus, und selbst wenn sie fünfundzwanzigtausend Dollar beträgt. Wir müssen unbedingt eine Konferenz zu dieser Gabe abhalten, die Sie da haben, Milton, unbedingt!«

Und so kam es, dass Homer Milton eine Stunde später durch die Stadt fuhr, Flugle am Steuer, in den Augen ein Funkeln, das Homer nicht gefiel.

»Also, Milton«, sagte Flugle, »Ich werde Sie nicht fragen, wie Sie das machen. Wie Sie mit einem ganz gewöhnlichen Füllfederhalter eine Banknote zaubern, die selbst die Herren vom Finanzministerium getäuscht hat, bleibt Ihr Geheimnis. Aber Sie haben eine Gabe – nein, Genialität – und die muss sachgemäß genutzt werden.

Ihre Schwachstelle war das Papier. Nun habe ich ganz zufällig einen weiteren Klienten, der ebenfalls mit den Behörden in Konflikt geraten ist. In seinem Fall lag es jedoch nicht am Papier, sondern am Druck.

Daher dachte ich mir: Wieso sollte ich Sie nicht einander vorstellen? Er hat einen hübschen Papiervorrat und Sie – nun, Sie haben die Fähigkeit, dieses Papier mit Wert zu versehen. Wie Sie beide nach dem Kennenlernen Ihre Geschäfte handhaben, geht mich nichts an. Ich prophezeie Ihnen jedoch gute Aussichten, und ich hoffe, Sie vergessen nicht, dass Mortimer Flugle Sie zusammengebracht hat.

Was Ihre gegenwärtigen Unannehmlichkeiten betrifft, so habe ich bereits drei verschiedene Verteidigungsstrategien entworfen, und letztlich kann man auch immer auf Unzurechnungsfähigkeit zurückgreifen. Sollte das notwendig sein, müssen wir Sie lediglich in den Zeugenstand rufen mit Ihrer Geschichte über diesen kleinen Mann, Ihren Clarence, und damit hat sich's.«

Er legte eine große, weiche Hand beruhigend auf Homers Arm, doch Homer hörte gar nicht zu. Denn sie fuhren durch eine zwielichtige, schlecht beleuchtete Straße in seinem Viertel, und plötzlich entdeckte er einen Laden, der ihm bekannt vorkam. Unmittelbar davor sah er seine Vermutung bestätigt. Da standen die Worte auf dem Fenster, *Allerley Treffliche Gaben*, und drinnen brannte kaum sichtbar ein einzelnes Licht.

»Flugle!«, rief Milton. »Bleiben Sie stehen, ich kann den Laden sehen! Sie dachten doch, ich spinne bloß, nun bremsen Sie gefälligst, los!«

»Was?« Verwirrt hielt Flugle an. »Was ist mit Ihnen, Milton?«

Doch Homer hatte nicht vor, ihm etwas zu erklären – weder in Prosa noch in Reimen. Er machte die Tür auf und stieg aus.

»Milton!«, klagte Flugle. »Kommen Sie wieder her! Ich habe Ihre Kaution aus eigener Tasche gezahlt!«

Doch da war Homer schon auf halbem Weg zum Laden. Er stürmte hinein.

»Clarence!« Schlitternd kam er in der staubigen Finsternis zum Stehen. »Zeigen Sie sich oder ich vergesse mich! Sie brauchen gar nichts zu verhehlen, und wagen Sie nicht, sich fortzustehlen!«

Zwei Halloweenkürbisaugen erschienen hinter der Ladentheke und blinzelten ihn nacheinander an.

»Guten Abend«, sagte Clarence und sein rechtes Ohr zuckte zweimal. »Ach, Mr Milton! Möchten Sie eine weitere Gabe erwerben? Herrje, gerade, als ich den Laden schließen und weiterziehen wollte.«

»Nein!«, schrie Homer. »Nehmen Sie sie bloß zurück! Die bringen mir doch nur Unglück! Erlösen Sie mich von dem Fluch, zu sprechen wie ein schlechtes Buch und Scheine zu fälschen im Handumdrehen, den Spaß daran kann ich wirklich nicht sehen.«

»Es tut mir leid«, sagte Clarence bestimmt, »aber das kann ich nicht. Alle Verkäufe sind endgültig. Ohne diese Regel würden die Leute ständig reklamieren. Sie wissen ja, wie die Leute sind, nie zufrieden.«

Das machte Homer noch wütender und er platzte fast bei dem Versuch, Clarence zu erklären, er wolle nicht das Geld, sondern nur die Gaben zurückgeben. Die Erklärungen sprudelten in Reimform aus ihm heraus, bis Homer fast schrie vor Ärger. Und in seiner Aufregung sagte er ein paar Dinge, die er nicht hätte sagen sollen, denn Clarence reckte sich zu voller Größe und sagte, er könne keine Waren zurücknehmen, er schließe den Laden und in den Kisten sei nicht mehr der geringste Platz.

»Dieses Mal versuche ich es mit dem sechzehnten Jahrhundert«, sagte Clarence. »Die werden mehr Vertrauen in meine Handelswaren haben. In Ihrem Jahrhundert glaubt niemand an mich – niemand außer Ihnen, und nicht einmal Sie sind zufrieden. Und nun gehaben Sie sich wohl, Mr Milton!«

Homer blickte sich um und sah, dass er die Wahrheit sagte – der Laden war leer, abgesehen von einigen großen, bereits vernagelten Kisten und einer, die Clarence gerade verschließen wollte. Er zog den Deckel darauf und da packte Homer vollends die Verzweiflung. Er bettelte und flehte in derart herzzerreißenden Versen, dass Clarence schließlich schwach wurde.

»Nun gut«, sagte er. »Um Ihrer Bitte nachzukommen, tausche

ich eine der Gaben gegen eine andere Ihrer Wahl. Aber ich kann sie nicht beide umtauschen und ich kann sie nicht zurücknehmen. Auf keinen Fall. Dies ist mein erster Verkauf seit wer weiß wie langer Zeit, und wenn ich in der Zentrale ohne wenigstens einen Verkauf in meinen Büchern auftauche, bekomme ich vielleicht keine weitere Chance. Mehr kann ich also nicht für Sie tun und ich drücke wirklich schon beide Augen zu. Welche Gabe wollen Sie denn nun umtauschen – und was wünschen Sie im Gegenzug?«

Homer musste gar nicht erst nachdenken. Er wollte die Gabe des Reimens behalten und die des Geldverdienens umtauschen – denn es spielte keine Rolle, was die Leute dachten. Fürs Reimen kam man zumindest nicht ins Gefängnis. Dann nannte er die Gabe, die er dafür haben wollte. Und so nahm Clarence seine Hand und murmelte: »Schnibbeldipuff und Schnabbeldirall – gerechter Tausch ist kein Raubüberfall. So, fertig. Und machen Sie sich keine Sorgen wegen der heutigen Ereignisse. Nun, da die Gabe fort ist, gibt es auch die Beweise nicht mehr. Also dann, auf Wiedersehen, Mr Milton.«

Damit legte Clarence den Deckel ordentlich auf die letzte Kiste und nagelte sie zu. Und mit dem letzten Hammerschlag verschwanden Clarence und die Kisten, und Homer Milton stand allein in einem leeren, staubigen Laden. Selbst die Inschrift am Fenster, *Allerley Treffliche Gaben*, war nicht mehr da.

Vor Gericht gab es keinerlei Beweise gegen Homer – nur ein leeres Stück Papier, von dem niemand glaubte, dass es einmal ein gefälschter Hundertdollarschein gewesen war.

Der Richter ließ ihn also gehen, wenngleich er ihm zuvor noch eine ordentliche Standpauke hielt, auf die Homer kein Wort erwiderte. Vielmehr machte er nach seinem zweiten Besuch im Laden den Mund kaum noch auf, außer zum Essen. Was man auch zu ihm sagte, er lächelte bloß und gab keine Antwort.

Seitdem ist er nie wieder in Schwierigkeiten geraten, und vielleicht kennen Sie ihn sogar – einen gut aussehenden Mann in seinen späten Dreißigern mit einer beginnenden Glatze und einer ausnehmend attraktiven Frau, die das Reden übernimmt, wenn sie miteinander ausgehen. Denn als er bei *Allerley Treffliche Gaben* begriff, dass er die Gabe des Reimens behalten musste, suchte er sich außerdem noch die Gabe des Schweigens aus.

Daher ergänzen sich die beiden recht gut, und zu Hause hat Martha sich einigermaßen daran gewöhnt, dass Homer die Neuigkeiten des Tages in Reimform kommentiert. Und eigentlich steht Homers Erörterung der Siegeschancen der Giants den gedruckten Versen anderer Dichtergrößen in nichts nach.

Martha würde es nicht gefallen, sollte Homer sich je ändern, denn schon bald erkannte sie das kommerzielle Potenzial seiner Fähigkeiten. Deshalb verbot sie ihm, in die Buchhaltung zurückzukehren. Dank ihr ist Homer nun praktisch Millionär.

Ihr kennt doch diese Glückwunschkarten zum Muttertag und zum Vatertag und zu Weihnachten und zum Geburtstag und zu Jubiläen und zu so ziemlich jedem Tag? Ihr müsst euch doch gefragt haben, woher die geistlosen Sprüche auf diesen

Karten stammen. Nun: Achtzig Prozent stammen aus der Feder von Homer Milton.

Wenn ihr das nächste Mal eine bekommt, lest das Gedicht laut vor. Ganz bestimmt erkennt ihr seinen Stil.

Die Rosenquarzglocke

Die zwanzig Jahre hatten an Sam Kees kleinem Laden in der Motte Street keine Spuren hinterlassen. Noch immer standen da dieselben staubigen Gläser voller Ginsengwurzeln und Tigerbarthaare, dieselben kleinen Bronzebuddhas, derselbe Nippes neben feiner Jade. Edith Williams entfuhr ein entzücktes Raunen, als die Tür sich hinter ihrem Gatten und ihr schloss.

»Mark«, sagte sie, »alles noch wie damals! Sieht aus, als hätte sich nicht ein Stück verkauft, seit wir auf unserer Hochzeitsreise zum ersten Mal hier waren.«

»In der Tat.« Dr. Mark Williams lief hinter ihr her zwischen den Regalen durch. »Wüssten wir nicht, dass Sam Kee tot ist, ich würde glauben, wir seien in der Zeit zurückgereist. Wie in diesen Geschichten, die unser David immer liest.«

»Wir müssen unbedingt etwas kaufen«, sagte seine Frau. »Ich wünsche mir etwas zum zwanzigsten Hochzeitstag. Vielleicht ein Glöckchen?«

Aus den dunklen Tiefen des Geschäfts tauchte ein junger Mann auf.

»Guten Abend«, sagte er. »Darf ich Ihnen etwas zeigen?«

»Wir möchten wohl eine Glocke.« Dr. Williams schmunzelte. »Aber wir sind uns noch nicht ganz sicher. Sie sind Sam Kees Sohn?«

»Sam Kee junior. Mein verehrter Vater ist vor fünf Jahren in die Ruhmeshallen seiner Ahnen eingegangen. Ich könnte einfach sagen, er ist gestorben …«, schwarze Augen blitzten, »aber die Kundschaft bevorzugt die blumigere Ausdrucksweise. Die empfinden das als kurios.«

»Ich finde es einfach nett und überhaupt nicht kurios«, tat Edith Williams kund. »Tut uns leid, dass Ihr Vater gestorben ist. Wir hatten gehofft, ihn wiederzusehen. Vor zwanzig Jahren, als wir noch jung und mittellos waren, hat er uns eine wunderschöne Kette aus Rosenquarz zum halben Preis verkauft.«

»Ich bin sicher, er hat trotzdem noch etwas daran verdient.« Die schwarzen Augen blitzten wieder. »Aber wenn Sie gern eine Glocke hätten: Hier haben wir kleine Tempelglöckchen, Kamelglocken, Essensglocken …«

Doch noch während er sprach, zeigte Edith Williams auf etwas ganz hinten im Regal.

»Eine Glocke!«, rief sie. »Und dann auch noch aus Rosenquarz. Das ist doch perfekt! Rosenquarz zur Hochzeit und zum Hochzeitstag!«

Der junge Mann streckte die Hand aus.

»Ich glaube nicht, dass Sie die wollen«, sagte er. »Die ist kaputt.«

»Kaputt?« Edith Williams wischte den Staub ab und hielt den hübschen glockenförmigen Rosenquarz von der Größe einer Birne gegen das Licht. »Auf mich wirkt sie einwandfrei.«

»Ich meine, sie ist nicht vollständig.« Das Blitzen war aus seinen Augen gewichen. »Sie hat keinen Klöppel. Sie wird nicht läuten.«

»Ach, stimmt.« Mark Williams griff nach der Glocke. »Der Klöppel fehlt.«

»Wir können doch einen anfertigen lassen«, schlug seine Frau vor. »Also, falls sich das Original nicht mehr finden lässt.«

Der junge Mann schüttelte den Kopf.

»Die Glocke und den Klöppel hat mein Vater absichtlich vor zwanzig Jahren voneinander getrennt.« Nach einem kurzen Zögern sagte er: »Mein Vater hatte Angst vor dieser Glocke.«

»Angst?« Mark Williams zog die Augenbrauen hoch.

Sein Gegenüber zögerte erneut.

»Das mag sich anhören wie eine Geschichte für Touristen«, sagte er. »Aber mein Vater glaubte daran. Diese Glocke wurde angeblich aus dem Tempel einer buddhistischen Sekte irgendwo in den Bergen im chinesischen Hinterland gestohlen. Ebenso wie viele im Westen glauben, der Jüngste Tag werde durch die Posaunen von Jericho verkündet, soll diese Sekte daran glauben, durch das Läuten einer solchen, durch jahrelange Zeremonien gesegneten Glocke würden die Toten in ihrer Nähe wieder zum Leben erweckt.«

»Wie himmlisch!«, rief Edith Williams. »Im wahrsten Sinne des Wortes. Mark, denk doch nur, was für eine Hilfe diese Glocke in deiner Praxis wäre!« Zu dem Verkäufer sagte sie lächelnd: »Ich necke ihn bloß. Mein Mann ist ein sehr guter Chirurg.«

Sam Kee junior neigte den Kopf.

»Ich muss Ihnen sagen«, entgegnete er, »Sie werden sie niemals zum Läuten bringen. Nur der ursprüngliche Klöppel, der aus demselben Stück Rosenquarz geschnitzt wurde, ist dazu imstande. Deshalb hat mein Vater sie voneinander getrennt.«

Abermals zögerte er.

»Ich habe Ihnen nur die halbe Geschichte erzählt. Mein Vater sagte, sie möge zwar den Tod besiegen, der Tod könne aber nicht besiegt werden. Seines auserkorenen Opfers beraubt, holt er sich eben ein anderes. Daher hat man im Tempel – wenn zum Beispiel ein Hohepriester oder ein Oberhaupt verstarb – einen Sklaven oder Diener für den Tod bereitgestellt, wenn dieser gezwungenermaßen den Menschen von Rang hergeben musste.«

Lächelnd schüttelte er den Kopf.

»Da haben Sie's«, sagte er. »Eine absurde Geschichte. Wenn Sie die Glocke nun noch wollen, sie kostet zehn Dollar. Plus Steuer natürlich.«

»Schon allein die Geschichte ist mehr wert«, sagte Dr. Williams. »Wir lassen sie uns wohl besser zuschicken, oder, Edith? In der Post ist sie sicherer als in unserem Koffer.«

»Zuschicken?« Seine Frau schien aus einer tiefen Versenkung zu erwachen. »Ah, ja, natürlich. Und das mit dem Läuten – das bekomme ich schon hin. Ich bringe sie zum Läuten, ganz sicher.«

»Falls die Geschichte stimmt«, murmelte Mark Williams, »hoffe ich, nicht ...«

Das Päckchen traf am Samstagmorgen ein, als Mark Williams sich gerade in seinem unaufgeräumten, mit Büchern vollgestellten Arbeitszimmer über die neuesten medizinischen Veröffentlichungen informierte. Im Flur hörte er Papier rascheln. Anschließend kam Edith mit der Rosenquarzglocke in der Hand herein.

»Mark, sie ist da!«, sagte sie. »Nun muss sie nur noch läuten.«

Sie setzte sich neben seinem Schreibtisch auf einen Stuhl. Er nahm die Glocke und griff nach einem silbernen Stift.

»Nur so aus Neugier«, merkte er an, »und nicht, weil ich dieses entzückende Verkaufsgerede glaube, das man uns geboten hat. Wollen wir mal sehen, ob sie läutet. Sollte eigentlich funktionieren.«

Er tippte die Glocke am Rand an. Die Antwort war lediglich ein gedämpftes *fmp*. Dann versuchte er es mit einer Münze, einem Brieföffner und einem Glas. Kein einziges Mal hörte es sich nach Glockenläuten an.

»Wenn du fertig bist, Mark«, sagte Edith geduldig, »zeige ich dir, wie es geht.«

»Aber gern«, willigte ihr Mann ein. Sie nahm die Glocke und wandte sich kurz ab. Dann rüttelte sie energisch daran. Ein helles, liebliches Klingeln flirrte durchs Zimmer – so zart und flüchtig, dass es ihrem Mann unwillkürlich kalt den Rücken hinunterlief.

»Du lieber Himmel!«, rief er. »Wie hast du das gemacht?«

»Ich habe einfach den Klöppel mit einem Faden wieder befestigt«, erklärte Edith.

»Den Klöppel?« Er schlug sich an die Stirn. »Sag bloß – die Kette, die wir vor zwanzig Jahren gekauft haben!«

»Ganz genau.« Ihr Tonfall war gelassen. »Als Sam Kee junior erzählte, wie sein Vater Klöppel und Glocke voneinander getrennt hat, fiel mir mein Kettenanhänger ein. Er ist tatsächlich wie ein Klöppel geformt – einmal haben wir das erwähnt. Ich wusste sofort, wir haben den Klöppel. Aber ich habe nichts gesagt. Ich wollte dir etwas voraushaben, Mark« – sie lächelte ihn entschuldigend an – »und weil ich das Gefühl hatte, Sam Kee junior würde uns die Glocke nicht überlassen, wenn er wüsste, dass der Klöppel bei uns ist.«

»Wahrscheinlich nicht.« Mark Williams nahm seine Pfeife und rieb mit dem Daumen darüber. »Aber diese Geschichte hat er doch selbst nicht geglaubt.«

»Er nicht, aber sein Vater. Und wenn der alte Sam Kee sie uns erzählt hätte – weißt du noch, wie runzelig und weise er aussah? –, hätten wir sie bestimmt geglaubt.«

»Vermutlich hast du recht.« Dr. Williams läutete die Glocke und wartete. Der zarte, liebliche Ton schien eine Weile in der Luft zu hängen und verflog dann.

»Nein«, sagte er. »Nichts. Könnte natürlich auch daran liegen, dass keine Verstorbenen in der Nähe waren.«

»Damit sollte man vielleicht nicht spaßen.« Edith runzelte kaum merklich die Stirn. »Ich wollte sie als Essensglocke verwenden und unseren Gästen die Geschichte erzählen. Aber so … ich weiß nicht.«

Finster betrachtete sie die Glocke, bis das Klingeln des Telefons im Flur sie aus ihrer Abwesenheit riss.

»Warte, ich gehe ran.« Sie eilte hinaus. Dr. Williams, der die Glocke in der Hand hin und her drehte, vernahm die plötzliche Anspannung in ihrer Stimme. Er war schon auf den Beinen, als sie wieder hereinkam.

»Eine Notoperation in der Klinik.« Sie seufzte. »Ein junger Mann – Autounfall. Schädelfraktur, sagte Dr. Amos. Er wollte dich nicht stören, aber du bist gerade der einzige Hirnchirurg in der Stadt, wo Dr. Hendryx im Urlaub ist.«

»Ich weiß.« Mark Williams war schon im Flur und griff nach seinem Hut. »Der Mann schafft bis zum Abendschimmer, des Arztes Arbeit endet nimmer«, wandelte er den bekannten Spruch ab.

»Ich fahre dich.« Edith nahm die Schlüssel und folgte ihm hinaus. »Du lehnst dich zurück und entspannst dich noch zehn Minuten …«

Mit dem matten Gefühl des Versagens zog Mark Williams seine Gummihandschuhe ab. Er hatte schon Patienten verloren und empfand dies jedes Mal als persönliches Scheitern. Edith zufolge gab er bei seinen Operationen zu viel von sich selbst. Da mochte etwas dran sein. Und dennoch ... Nichts rechtfertigte jedoch den Tod des Jungen. Trotz seiner Verletzung war sein Zustand zu Beginn der Operation ausgezeichnet gewesen.

Doch währenddessen war er ihnen entglitten, seine Atmung hatte gestockt, sein Puls war schwächer geworden. Und als Mark Williams gerade seine feine Naht vollendete, hatte er aufgehört zu atmen.

Warum?, fragte sich Mark Williams. Doch wahrscheinlich gab es keine Antwort. Das Leben war flüchtig und unberechenbar. Dieser andere Junge zum Beispiel, den er am Abend zuvor operiert hatte. Der war in wesentlich schlechterer Verfassung gewesen und hatte die Operation mit Bravour überstanden. In Zimmer 9, gleich gegenüber, sammelte er Kraft für ein langes Leben.

Dr. Amos, der junge Anästhesist, kam herüber und klopfte ihm verständnisvoll auf die Schulter, als er nach seinem Mantel griff.

»Sehr schade, Mark«, sagte er. »Niemand hätte das besser gekonnt. Das Leben wollte den Jungen einfach nicht, fürchte ich.«

»Danke, John.« Mark bemühte sich, heiter zu klingen. »So ist es eben manchmal. Ich hätte gern eine Autopsie, einfach für mich.«

»Natürlich. Ordne ich an. Du siehst müde aus. Geh nach Hause. Komm, ich helfe dir in den Mantel.«

Mark Williams schlüpfte in seine Jacke und beim Zuknöpfen bemerkte er den unförmigen Gegenstand in seiner Manteltasche.

»Was ist denn das?« Er kramte die Glocke aus Rosenquarz hervor, die er zweifellos beim Klingeln des Telefons hineingestopft hatte. »Ediths Glocke! Na, sie wird begeistert sein, dass ich die so mit mir herumtrage ...«

»Mark, pass auf!«, rief der junge Amos, als der Gegenstand Dr. Williams aus den müden Fingern glitt. Amos fing ihn auf und bewahrte ihn so davor, dass er auf dem Boden zu Bruch ging. Unvermittelt bimmelte da die Glocke, ein dünner, heller Ton, und ruhte augenblicklich wieder still auf Amos' Hand.

»Das war knapp!«, sagte er. »Hübsch. Was ist das?«

»Eine chinesische Essensglocke«, erwiderte Mark Williams. »Ich sollte –« Weiter kam er nicht. Von hinten rief Schwester Wythe aufgeregt nach ihm.

»Herr Doktor! Dr. Williams! Der Patient atmet! Sein Herz schlägt wieder. Kommen Sie schnell!«

»Was?« Er fuhr herum und lief zum Operationstisch. Es stimmte. Puls und Atmung waren wieder da. In seinem Beisein wurden sie zusehends stärker.

»Grundgütiger!«, hauchte der junge Amos. »Das ist ja unglaublich. Spontane Wiederherstellung der Lebensfunktionen! Davon habe ich noch nirgends gelesen, Mark. Sieht aus, als würden wir ihn doch noch retten.«

Sie hatten ihn gerettet, ziemlich sicher, als Schwester McGregor in den Operationssaal kam.

»Tut mir leid, dass ich Sie störe, Doktor Williams«, sagte sie aufgeregt. »Aber könnten Sie zu dem Patienten in Zimmer 9 kommen? Es ging ihm blendend, aber vor fünf Minuten hatte er einen plötzlichen Rückfall. Pfleger Johnson ist bei ihm geblieben und ich wollte Sie holen – aber ich fürchte, er ist tot.«

Zum Glück herrschte auf dem Heimweg kaum Verkehr. Mehr als einmal fand sich Mark links der Mittellinie wieder und musste zurück auf die rechte Spur.

»Warum ist dieser Junge gestorben?«, wollte er wissen. »Warum, Edith? Ach ja, hier ist die Glocke. Steck sie lieber in deine Handtasche … Es ging ihm gut. Und plötzlich, beim Wiederbeleben eines verloren geglaubten Jungen … verloren wir den, den wir gerettet geglaubt hatten.«

»So etwas kommt vor, Liebling«, sagte sie. »Das weißt du doch. Die Möglichkeiten eines Arztes sind begrenzt. Ein Stück weit liegt seine Arbeit einfach in der Hand der Natur. Und manchmal führt sie uns eben an der Nase herum.«

»Das weiß ich doch«, knurrte ihr Ehemann. »Aber verdammt noch mal, es ärgert mich, dass ich den Jungen verloren habe. Es gab keinen triftigen Grund – außer ich habe irgendetwas übersehen.« Mürrisch schüttelte er den Kopf. »Ich habe eine Autopsie angeordnet, aber … Ja, ich nehme die Autopsie einfach selbst vor! Ich drehe um und fahre zurück. Ich muss das wissen!«

Abrupt riss er das Steuer nach links, um in einer Seitenstraße zu wenden. Edith Williams sah den anderen Wagen nicht kommen. Sie hörte das hektische Hupen und das Kreischen von Bremsen und binnen eines erstarrten Augenblicks wurde ihr bewusst, dass hinter ihnen jemand hatte überholen wollen. Der Aufprall schleuderte sie nach vorn gegen die Windschutzscheibe und in die Bewusstlosigkeit.

Edith Williams schlug die Augen auf. Noch bevor sie begriff, dass sie auf dem Boden lag und die Gestalt, die sich über sie beugte, ein Polizist war, erinnerte sie sich an den Zusammenstoß. Ihr Kopf schmerzte, verwirrt war sie jedoch nicht. Schon während sie sich aufzurichten versuchte, akzeptierte sie die Tatsache, dass es einen Unfall gegeben hatte, Hilfe gekommen war und sie mindestens ein paar Minuten lang bewusstlos gewesen sein musste.

»Schön langsam, gute Frau!«, mahnte der Polizist. »Das war ein ziemlich heftiger Aufprall. Ruhig liegen bleiben, bis der Krankenwagen hier ist. Der kommt in fünf Minuten.«

»Mark«, sagte Edith, ohne ihn zu beachten. »Mein Mann. Geht es ihm gut?«

»Ganz ruhig, gute Frau. Man kümmert sich um ihn. Sie –«

Doch sie hörte nicht zu. Am Arm des Polizisten zog sie sich ins Sitzen hoch. Sie sah das umgekippte Auto ein paar Meter weiter, andere Autos, die stehen geblieben waren, ein Grüppchen gaffender Leute. Sah sie und blendete sie aus. Sie entdeckte ihren Mann auf dem Boden ganz in der Nähe, einen zusammengelegten Mantel unterm Kopf.

Mark war tot. Zwanzig Jahre lang war sie mit einem Arzt verheiratet gewesen und hatte davor selbst im Krankenhaus gearbeitet. Sie wusste, wie der Tod aussah.

»Mark.« Sie sagte das vor sich hin, der Polizist hielt es jedoch für eine Frage.

»Ja, gute Frau«, sagte er. »Er ist tot. Als ich ankam, hat er noch geatmet, aber vor zwei, drei Minuten ist er gestorben.«

Sie kam auf die Knie. Sie musste zu ihm gelangen. Auf Knien kroch sie zu ihm hin und hockte sich, nach seinem Puls tastend, neben ihn. Da war kein Puls. Da war nichts. Nur ein Mann, der gelebt hatte und nun nicht mehr lebte.

Hinter sich hörte sie eine Stimme. Sie drehte sich um. Ein beleibter, aufgelöster Mann redete laut auf den Polizisten ein.

»Hören Sie, Officer«, sagte er gerade. »Ich sag's Ihnen noch einmal, es war nicht meine Schuld. Auf einmal zieht der Kerl scharf nach links, direkt vor mir. Ich konnte gar nichts machen. Ein Wunder, dass wir nicht alle drei draufgegangen sind. Sie sehen es an deren Auto, dass es nicht meine Schuld war.«

Edith Williams verbannte die Stimme aus ihrem Kopf. Sie ließ Marks Hand auf ihrem Schoß liegen und kramte in ihrer Handtasche, die sie aus irgendeinem Grund noch immer fest umklammert hielt. Sie suchte nach einem Taschentuch, um ihre unausweichlichen Tränen zu trocknen. Etwas war im Weg – etwas Glattes, Hartes, Kaltes. Sie zog es heraus und hörte das zarte, liebliche Bimmeln der Glocke.

Die Hand auf ihrem Schoß bewegte sich. Sie hielt den Atem an und beugte sich vor, und da öffnete ihr Mann die Augen.

»Mark!«, flüsterte sie. »Mark, Liebling!«

»Edith«, sagte Mark mit Mühe. »Entschuldige … das war so leichtsinnig von mir. Hab an die Klinik gedacht …«

»Du lebst!«, sagte sie. »Du lebst! Oh, Liebling, mein Liebling, bleib liegen, der Krankenwagen wird jeden Moment hier sein.«

»Krankenwagen?«, fragte er. »Mir geht es gut. Hilf mir hoch.«

»Aber Mark -«

»Nur eine Beule am Kopf.« Mit Mühe setzte er sich auf. Der Polizist kam herüber.

»Ganz ruhig, Kollege, ganz ruhig«, sagte er ehrfürchtig. »Wir haben Sie für tot gehalten. Da wollen wir Sie nicht noch ein zweites Mal verlieren.«

»Mann, was bin ich froh, dass es Ihnen gut geht«, sprudelte es aus dem rotgesichtigen Mann heraus. »Puh, da haben Sie mich ganz schön erschreckt, auch wenn es gar nicht meine Schuld war. Wie soll man denn auch nicht auffahren, wenn … wenn …«

»Halten Sie ihn fest!«, rief Mark Williams, doch der Polizist war zu langsam. Der Mann sackte zu Boden und blieb reglos liegen.

Die Uhr im Flur schlug gedämpft zweimal. Vorsichtig stützte sich Edith Williams auf und schaute ins Gesicht ihres Mannes hinab. Er schlug die Augen auf und erwiderte ihren Blick.»Du bist munter«, sagte sie überflüssigerweise.

»Bin vor ein paar Minuten aufgewacht«, antwortete er. »Ich habe einfach dagelegen – und nachgedacht.«

»Ich hole dir noch eine Schlaftablette. Dr. Amos meinte, du sollst sie nehmen und bis morgen durchschlafen.«

»Ich weiß. Gleich. Sag mal – die Uhr hat mich gerade an etwas erinnert.«

»Ja?«

»Kurz bevor ich wieder zu mir kam, nach dem Unfall, war mir, als hörte ich eine Glocke. So laut, dass ich die Augen aufmachte, um zu sehen, woher das Läuten kam.«

»Eine … Glocke?«

»Ja. Nur eine akustische Halluzination natürlich.«

»Aber Mark –«

»Ja?«

»Da *hat* eine Glocke geläutet. Ich hatte die Glocke in meiner Tasche und sie hat leise gebimmelt. Denkst du –«

»Natürlich nicht.« Doch trotz seiner prompten Antwort klang er nicht überzeugend. »Die Glocke war laut. Wie ein großer Gong.«

»Aber … Mark, Liebling … kurz zuvor hattest du … keinen Puls.«

»Keinen Puls?«

»Und du hast nicht geatmet. Dann hat die Glocke gebimmelt und du … du …«

»Unsinn! Ich weiß, was du denkst, und glaub mir, das ist Unsinn!«

»Aber Mark.« Sie sprach leise. »Der andere Fahrer. Gerade als du wieder zu Bewusstsein kamst, ist er –«

»Er hatte eine Schädelfraktur!«, fuhr Dr. Williams dazwischen. »Das hat der Assistenzarzt im Krankenwagen festgestellt. Schädelfrakturen zeigen sich häufig erst nicht, und auf einmal, bingo, fällst du um. Genau das ist passiert. Und jetzt lass uns damit aufhören.«

»Natürlich.« Im Flur schlug die Uhr zur Viertelstunde. »Soll ich das Schlafmittel fertig machen?«

»Ja … nein. Ist David zu Hause?«

Sie zögerte. »Nein, er ist noch nicht wieder da.«

»Hat er angerufen? Er sollte doch bis spätestens Mitternacht zu Hause sein.«

»Nein, er … hat nicht angerufen. Aber heute Abend ist Schulball.«

»Das rechtfertigt nicht, dass er nicht anruft. Er hat den alten Wagen, richtig?«

»Ja. Du hast ihm doch heute Morgen den Schlüssel gegeben, weißt du noch?«

»Dann sollte er erst recht anrufen.« Ein Weilchen lag Dr. Williams schweigend da. »Zwei Uhr ist zu spät für einen siebzehnjährigen Jungen.«

»Ich rede mit ihm. Das kommt nicht wieder vor. Und jetzt lass mich dir das Schlafmittel holen, Mark, ich bitte dich. Ich bleibe wach, bis David –«

Das Telefon, ein Schrillen in der Dunkelheit, unterbrach ihre Rede. Mark Williams griff nach dem Hörer. Der Apparat stand neben seinem Bett.

»Hallo«, sagte er. Und obwohl sie die Stimme am anderen Ende nicht hörte, spürte sie ihn erstarren. Und sie wusste es.

So, als hätte sie es gehört, wusste sie es, mit dem Instinkt einer Mutter für Unheil.

»Ja«, sagte Dr. Williams. »Ja … ich verstehe … verstehe … Ich komme sofort … Danke für Ihren Anruf.«

Er war schon aus dem Bett, bevor sie ihn aufhalten konnte.

»Ein Notfall.« Er sprach leise. »Ich muss los.« Hastig zog er sich an.

»Es ist David«, sagte sie. »Stimmt's?« Sie setzte sich auf. »Bitte versuch es nicht zu verheimlichen. Es geht um David.«

»Ja«, sagte er. Seine Stimme klang sehr müde. »David ist verletzt. Ich muss zu ihm. Ein Unfall.«

»Er ist tot.« Ohne Pause redete sie weiter. »David ist tot, nicht wahr, Mark?«

Er kam herüber, setzte sich neben sie und nahm sie in den Arm.

»Edith«, sagte er. »Edith … Ja, er ist tot. Vor vierzig Minuten. Das Auto ist in einer Kurve von der Straße abgekommen. Er ist … im Leichenschauhaus. Ich soll … ihn identifizieren. Ihn identifizieren, Edith! Der … der Wagen hat Feuer gefangen!«

»Ich komme mit dir«, sagte sie. »Ich komme mit dir!«

Das Taxi wartete im Dunkeln zwischen zwei Straßenlaternen. Die lange, niedrige Leichenhalle mit der blauen Lampe über der Tür lag unterhalb der Straße. Eine Betontreppe verlief vom Gehweg nach unten. Zehn Minuten zuvor war Dr. Mark Williams diese Treppe hinuntergegangen. Nun stieg er sie wieder hinauf, steif, erschöpft, wie ein alter Mann.

Edith wartete im Taxi, auf der Kante ihres Sitzes nach vorn gebeugt, die Hände zu Fäusten geballt. Als er oben ankam, öffnete sie die Tür und stieg aus.

»Mark«, fragte sie bebend, »war es –«

»Ja, es ist David.« Seine Stimme war monoton. »Unser Sohn. Ich habe die Formalitäten erledigt. Nun können wir nichts weiter tun als nach Hause fahren.«

»Ich will zu ihm!« Sie wollte an ihm vorbei, doch er packte sie am Handgelenk. Aus Anstand tat der Taxifahrer so, als döse er.

»Nein, Edith! Das ist nicht nötig! Du darfst ihn nicht sehen!«

»Er ist mein Sohn!«, schrie sie. »Lass mich los!«

»Nein! Was hast du da unterm Mantel?«

»Die Glocke, die Rosenquarzglocke!«, schrie sie. »Ich werde sie läuten, wo David sie hören kann!«

Trotzig streckte sie die Hand aus, die die kleine Glocke umklammerte. »Sie hat dich wieder zurückgebracht, Mark! Nun wird sie David zurückbringen!«

»Edith!«, sagte er entsetzt. »Daran glaubst du doch nicht etwa. Das geht nicht. Das waren Zufälle. Und nun gib sie her.«

»Nein! Ich läute sie jetzt.« Gewaltsam versuchte sie sich loszureißen. »Ich will David zurück! Ich werde jetzt die Glocke läuten!«

Sie befreite ihre Hand. Mit einem gespenstisch zarten Ton durchschnitt der Glockenklang die frühmorgendliche Stille wie ein silbernes Messer.

»Da hast du's!«, keuchte Edith. »Ich hab's getan. Du glaubst vielleicht nicht daran, ich aber schon. Sie wird David zurückbringen.« Sie erhob ihre Stimme. »David!«, rief sie. »David, mein Junge! Kannst du mich hören?«

»Edith«, stöhnte Dr. Williams. »Du quälst dich doch nur. Komm mit nach Hause. Bitte, komm mit nach Hause.«

»Nicht, solange David nicht wieder da ist … David, David, hörst du mich?« Wieder läutete sie, läutete so lang, bis Dr. Williams die Glocke an sich riss, was sie zuließ.

»Edith, Edith«, stöhnte er. »Hättest du mich doch allein hierher …«

»Mark, hör doch!«

»Was?«

»Hör doch!«, drängte sie flüsternd.

Er schwieg. Und auf einmal liefen ihm die Schauer des Entsetzens den Rücken hinunter, als er die klare, jugendliche Stimme aus der dunklen Tiefe vernahm.

»Mutter? … Vater? … Wo seid ihr?«

»David!«, hauchte Edith Williams. »Das ist David! Lass mich los! Ich muss zu ihm.«

»Nein, Edith!«, flüsterte ihr Mann fieberhaft, als die Stimme erneut nach ihnen rief.

»Vater? … Mutter? … Seid ihr da oben? Wartet auf mich.«

»Lass mich los!«, schluchzte sie. »David, wir sind hier! Wir sind hier oben, mein Junge!«

»Edith!«, stieß Mark Williams hervor. »Wenn du mich je geliebt hast, dann hör mir zu. Du darfst da nicht runter. David … ich musste ihn an seinem Absolventenring und seiner

Brieftasche identifizieren. Er war verbrannt … ganz schrecklich verbrannt!«

»Ich gehe zu ihm!« Sie riss sich los und rannte auf die Treppe zu, auf der nun eine große Gestalt heraufkam, ein in Dunkelheit gehüllter Schatten.

Dr. Williams, dem das Entsetzen den Magen zuschnürte, wollte sie aufhalten. Doch er rutschte aus und fiel lang hin, sodass sie atemlos zu der Gestalt hinabrennen konnte.

»David!«, schluchzte sie. »Mein David!«

»Mama!« Der Junge hielt sie fest. »Es tut mir leid. Es tut mir so leid. Aber ich hab erst davon erfahren, als ich nach Hause kam, und ihr wart nicht da und dann rief mich einer aus der Verbindung an. Ich wusste, denen muss ein Fehler unterlaufen sein und ihr würdet herkommen, und dann habe ich ein Taxi gerufen. Es hat mich am Eingang um die Ecke abgesetzt und ich habe unten nach euch gesucht … Der arme Pete!«

»Pete?«, fragte sie.

»Pete Friedburg. Er hatte den alten Wagen. Ich hatte ihm den Schlüssel und meinen Führerschein geliehen. Das hätte ich nicht tun sollen – aber er ist älter als ich und er hat nicht aufgehört zu betteln …«

»Dann … dann war es Pete, der gestorben ist?«, keuchte sie. »Pete ist verbrannt?«

»Ja, Pete. Ich hab so ein schlechtes Gewissen, weil ich ihm den Wagen geliehen habe. Aber angeblich war er ein guter Fahrer. Und dass sie euch dann angerufen haben, und ihr dachtet, ich wär's …«

»Dann hatte Mark recht. Natürlich hatte er recht.« Nun lachte und schluchzte sie gleichzeitig. »Es ist nur eine Glocke, eine hübsche kleine Glocke, mehr nicht.«

»Glocke? Was meinst du, Mama?«

»Egal«, stieß Edith Williams hervor. «Es ist bloß eine Glocke. Sie hat keine Macht über Leben und Tod. Sie bringt nichts zurück und nimmt auch nichts weg. Komm, wir gehen wieder hoch. Nicht dass dein Vater noch denkt, die Glocke … die Glocke funktioniert wirklich.«

Sie stiegen die restlichen Stufen hinauf. Dr. Mark Williams lag nach wie vor an der Stelle, wo er auf dem Gehsteig lang hingeschlagen war. Der Taxifahrer beugte sich über ihn, doch niemand mehr konnte etwas für ihn tun. Bei seinem Sturz war die Glocke unter ihm zerbrochen. Ein langer, feiner Splitter aus Rosenquarz hatte sich tief in sein Herz gegraben.

Post aus El Dorado

»Und diese dreieckigen hier«, sagte Malcolm stolz und zeigte auf einen Glasrahmen mit fünf Briefmarken in verblichenem Rot, Blau, Grün, Gelb und Schwarz, »bilden vermutlich den seltensten und interessantesten vollständigen Satz, der Sammlern bekannt ist. Ihr Wert ist nicht genau festgelegt, da sie noch nie als Einheit verkauft worden sind. Aber –«

An dieser Stelle redete Morks dazwischen. Malcom war mit seinen Ausführungen weiter gekommen als sonst in Morks' Gegenwart. Murchison Morks aber hatte, nach vorn gebeugt, die Briefmarken betrachtet und brauchte einen Moment, um sich aufzurichten und umzudrehen.

»Die sind ganz bestimmt selten«, sagte Morks auf seine bescheidene, schwermütige Art, »aber ich besaß einst einen noch selteneren und noch interessanteren Satz Briefmarken.«

Malcolm wurde zornesrot. Morks schien es nicht aufzufallen. Sollte meine Tageszeitung je über den Fund der Leiche eines nicht näher identifizierten Mannes um die vierzig berichten, sandfarbenes Haar, schmales und trauriges Gesicht, dessen Tod auf brutale Schläge zurückzuführen ist, dann weiß ich, dass Morks sein Schicksal heimgesucht hat.

Denn ganz gleich, was man gesehen hat, Morks hat schon Merkwürdigeres gesehen. Was auch immer man gemacht hat, er hat Spannenderes gemacht. Wo man auch gewesen sein mag, er war schon vor einem da und unter erheblich gefährlicheren Umständen.

Und ganz gleich, was man besitzt, er hat schon Selteneres besessen.

Das Menschen wie Morks bestimmte Schicksal ist ausgesprochen grausam. Jahrelang dulden ihre Mitmenschen sie, ihre Unterbrechungen, hören ihnen zu und beißen die Zähne zusammen. Letzten Endes verliert jedoch zwangsläufig jemand die Beherrschung.

Und wenn der Tag kommt, schütteln alle, die ihn kannten, den Kopf, räumen aber ein, die Tat sei durchaus gerechtfertigt gewesen.

Es überrascht mich, dass ich selbst bislang noch nicht das Richtwerkzeug über Morks gewesen bin. Und was habe ich gelitten …

Doch ich hatte ja mit der Geschichte begonnen, die Morks erzählte, nachdem Malcolms Äußerung seinem Gedächtnis – oder seiner Fantasie – den Anstoß dazu gegeben hatte.

Das ist das Tückische an Morks. Ganz gleich, wie sehr er einen auf die Palme bringt, man hört zu. Und hinterher kann man, auch wenn man die Geschichte nicht glaubt, auf gar keinen Fall nachweisen, dass sie erfunden ist.

Und manchmal ertappt man sich Tage später dabei, wie man vor sich hinmurmelt, Einwände äußert, die einem in dem Moment nicht eingefallen sind, die Morks vielleicht gezwungen hätten, seine Lügen einzugestehen. Ohne dass man wirklich *vollkommen* überzeugt gewesen wäre ...

Aber es geht schon wieder los. Ich muss mich zurückhalten, immerhin habe ich mir etwas einfallen lassen, um es ihm heimzuzahlen.

Ich nehme Morks' Geschichten und – wenn sie nicht allzu unwahrscheinlich sind – verkaufe sie. Auf diese Art hole ich wieder herein, was Morks mir an Geld und Essen abschmarotzt. (Die Übernachtung, die ich ihm von Zeit zu Zeit auf dem Sofa in meinem Arbeitszimmer gewähre, lasse ich außen vor. Das kostet mich nichts.)

Also, zu den Briefmarken:

»Du besitzt einen Satz, der *noch* seltener ist als meine Dreiecke?«, fragte Malcolm und ihm stieg das Blut in die Wangen.

Morks aber fiel Malcolms erhobene Stimme, die die Aufmerksamkeit aller anderen Anwesenden erregt hatte, gar nicht auf.

Malcolms wertvolle Briefmarkensammlung gehörte zu einer Ausstellung zum anstehenden Tag der offenen Tür in unserem Club – der eine Tag im Jahr, an dem die Pforten für die Familie und die Freundinnen geöffnet sind.

»Besitzen nicht, nein.« Morks schüttelte zaghaft den Kopf. »Besaß.«

»Ach!«, schnaubte Malcolm. »Sind wohl verbrannt, wie? Oder gestohlen? Verschollen?«

»Nein …« – und an der Stelle seufzte Morks – »ich habe sie benutzt. Also, als Porto. Bevor ich mir über ihre Einzigartigkeit im Klaren war.«

Malcolm nagte an seiner Lippe.

»Dieser Satz Briefmarken«, sagte er und legte eine Hand auf die Glasscheibe mit den dreieckigen Papierstückchen darunter, »hat mindestens einem Mann das Leben gekostet.«

»Meiner«, entgegnete Morks prompt mit sanfter Stimme – wie sie es seltsamerweise immer dann wurde, sobald ihm die Aufmerksamkeit aller gewiss war –, »hat mich meinen besten Freund gekostet.«

»Das *Leben* deines besten Freundes?«, fragte Malcolm angestrengt.

Morks schüttelte den Kopf mit einer nachdenklichen Traurigkeit im Gesicht, als durchlebe er innerlich noch einmal den Teil seiner Vergangenheit, dessen Andenken ihn immer noch schmerzte.

»Ich weiß es nicht«, antwortete er. »Wirklich nicht. Ich nehme es nicht an. Ich glaube wirklich, dass Harry – das war mein

Freund – in diesem Augenblick glücklicher ist als irgendjemand hier. Und wenn ich darüber nachdenke, dass ich bei ihm sein könnte, wenn ich nicht so ängstlich gewesen wäre …«

Er hielt inne, als er bemerkte, dass alle Anwesenden sich in Hörweite versammelt hatten.

»Aber ich erzähle wohl lieber die ganze Geschichte«, sagte er lebhafter, »damit ihr alles versteht.«

Zufrieden lächelnd machte Morks es sich in einem Sessel bequem.

Ich selbst bin kein Briefmarkensammler (fing er an und nickte Malcolm freundlich zu), aber mein Vater war einer. Bei seinem Tod vor ein paar Jahren hinterließ er mir unter anderem seine Sammlung.

Besonders gut war sie nicht – Schönheit war ihm wichtiger gewesen als Seltenheit oder Wert – und der Verkaufserlös entschädigte mich kaum für die Mühen, die das Schätzen gekostet hatte.

Eine Zeit lang erwog ich sogar, sie zu behalten; denn manches in seiner Sammlung, insbesondere die Marken aus tropischen Ländern mit exotischen Vögeln und Tieren darauf, war außerordentlich hübsch anzusehen.

Doch letztlich verkaufte ich alle – bis auf einen Satz von fünf Marken, die der Händler nicht annehmen wollte, weil er sie für Fälschungen hielt.

Fälschungen! Hatte der eine Ahnung …

Doch natürlich nahm ich ihn beim Wort. Ich nahm an, er

kenne sich aus. Zumal die fünf Briefmarken ganz anders waren als alles, was ich je gesehen hatte, und nicht einmal einen festen Platz in Vaters Album besaßen. Stattdessen steckten sie lose in dem Briefumschlag ganz hinten.

Die Fälschungsvermutung des Händlers wurde noch glaubhafter dadurch, dass ich im Album keine für sie vorgesehene Lücke finden konnte. Es gab nicht einmal einen Abschnitt für ihr Land – wobei auch das nichts besagte, da das Album klein war und keineswegs alle weniger bekannten Länder enthielt.

Aber, Fälschungen hin oder her, sie waren sowohl interessant als auch ansprechend. Alle fünf besaßen unterschiedliche Nennwerte: zehn Cent, fünfzig Cent, ein Dollar, drei Dollar und fünf Dollar.

Alle waren unbenutzt, Neuzustand – so sagt man doch, nicht wahr, Malcolm? –, und hatten die buntesten Farben: Zinnoberrot und Ultramarin, Smaragdgrün und Gelb, Orange und Azur, Schokoladenbraun und Elfenbein, Schwarz und Gold.

Und da sie groß waren – ungefähr viermal so groß wie die gängigen Luftpostmarken –, wirkten die Szenen darauf so lebendig und echt, wie es selbst die farbenfrohesten Marken meines Vaters nicht vermochten.

Besonders die Dreidollarmarke mit dem Porträt der jungen Frau mit der Obstschale auf dem Kopf –

Aber ich greife vorweg. Sagen wir einfach, dass ich sie, im Glauben, es handele sich um Fälschungen, in meinen Schreibtisch legte und für etliche Jahre vergaß.

Eines Nachts entdeckte ich sie wieder, durch Zufall, beim

Kramen in der hintersten Schublade. Ich suchte nach einem Umschlag für den Brief, den ich gerade meinem besten Freund geschrieben hatte, Harry Norris. Harry lebte zu der Zeit in Boston, und da es mir unmöglich schien, New York zu verlassen, führten wir eine rege Korrespondenz.

So kam es, dass ich lediglich den Umschlag mit diesen Marken meines Vaters finden konnte. Ich leerte ihn aus, schrieb die Adresse darauf und stellte nach dem Zukleben fest, dass diese fünf seltsamen Marken meine Aufmerksamkeit auf sich zogen.

Ihre grellen Farben erfreuten das Auge und die Motive regten die Fantasie an. Da ich sie Jahre zuvor weggeräumt und vergessen hatte, waren mir viele Details darauf entfallen. Nun betrachtete ich sie genauer.

Ich erwähnte bereits, dass sie alle groß und rechteckig waren: Eher so groß wie Gepäckschildchen, größer als herkömmliche Briefmarken. Andererseits waren dies natürlich auch keine herkömmlichen Briefmarken. In keinem Sinne des Wortes.

Ganz oben stand fett gedruckt: **Vereinigte Staaten von El Dorado.** Dann auf jeder Seite, ungefähr mittig, der Nennwert. Und ganz unten eine weitere Zeile: *Eilzustellung.*

Da ich mich nicht gut auskannte, hatte ich beim ersten Entdecken El Dorado für einen Staat in Südostasien oder Mittelamerika gehalten. *Eilzustellung* entsprach vermutlich unserer Luftpost.

Da die Nennwerte in Cent und Dollar angegeben waren, tendierte ich eher zu Lateinamerika. Dort gibt es viele kleine

Staaten, die ich immer durcheinanderbringe, wie zum Beispiel El Salvador und Kolumbien. Bis dahin hatte ich allerdings nie wirklich darüber nachgedacht.

Beim Betrachten fragte ich mich nun, ob der Händler wohl sein eigenes Geschäft verstand. Sie waren so gut gemacht, der Druck derart erstklassig ausgeführt, die Farben so kräftig und ansprechend, dass mir eine Fälschung unwahrscheinlich erschien. Auf mich wirkten sie echt.

Die abgebildeten Motive waren alles andere als gewöhnlich. Auf der Zehncentmarke war beispielsweise ein Einhorn auf den Hinterbeinen zu sehen, den Kopf erhoben, das gewundene Horn zum Himmel ragend, wallende Mähne, ein Abbild der Lebendigkeit.

Man konnte es fast unmöglich anschauen und nicht fest überzeugt sein, dass ein echtes Einhorn als Vorlage gedient hatte. Abgesehen davon natürlich, dass es keine Einhörner mehr gibt.

Auf der Fünfzigcentmarke erhob Neptun seinen Dreizack auf zwei angeschirrten Delfinen in schäumender Meeresbrandung. Sie mutete ebenso echt an wie die erste. Der alte Knabe hatte sogar ein Funkeln in den Augen, und bei genauerem Hinsehen erkannte man, dass er einer Nixe weit drüben in der anderen Ecke zuzwinkerte.

Auf der Eindollarmarke sah man Pan beim Flötenspiel, im Hintergrund einen griechischen Tempel und drei im Gras tanzende Faune. Beim Betrachten konnte ich ihn geradezu spielen hören.

Ich übertreibe nicht. Zugegebenermaßen überraschte es mich, dass ein tropisches Land Pan auf einer seiner Briefmarken abbildet, denn für meine Begriffe hatten die Griechen alleinigen Anspruch auf ihn. Beim Anblick der Dreidollarmarke aber vergaß ich ihn augenblicklich.

Ich vermag kaum in Worte zu fassen, welchen Eindruck diese Marke auf mich machte – und später auch auf Harry Norris.

Die zentrale Figur war eine junge Frau; das sagte ich wohl bereits.

Eine Einheimische vor einem Hintergrund aus tropischen Blumen, ein heimliches Lächeln auf den Lippen, das die kindliche Unschuld eines Mädchens mit der ererbten Weisheit einer Frau vereinte. Auf dem Kopf trug sie traditionsgemäß eine ausladende Schale, auf der alle nur erdenklichen Früchte aufgetürmt waren.

Ich betrachtete sie recht lang, bevor ich mich der letzten Marke zuwandte – dem Fünfdollarwert.

Diese war im Vergleich relativ uninteressant – nur eine Landkarte. Darauf sah man etliche kleine Inseln, umgeben von einem Gewässer mit der ordentlichen Beschriftung *Doradosee*. Die Inseln stellten wohl die Vereinigten Staaten von El Dorado dar und der kleine Punkt auf der größten unter ihnen, gekennzeichnet mit dem Wort Nirvana, die Landeshauptstadt.

Eine Weile vergaß ich meinen Brief an Harry Norris. Ich ertappte mich bei dem Gedanken, bei der nächsten Schiffsreise unbedingt einen Zwischenstopp in El Dorado einzuplanen.

Erst beim Blick auf den Umschlag fiel mir mein ursprüngliches Vorhaben wieder ein.

Plötzlich kam mir eine Idee. Harry hatte einen Neffen, der Briefmarken sammelte. Zum Spaß konnte ich eine dieser Fälschungen – so sie denn Fälschungen waren – auf meinen Brief an Harry kleben, neben die eigentliche Briefmarke, und sehen, ob er auf dem Postamt durchgehen würde. Falls ja, bekam Harrys Neffe vielleicht eine Rarität, eine ausländische Marke mit amerikanischem Stempel, die möglicherweise eines Tages die Fachwelt verblüffen würde.

Die Idee war albern, aber es war schon spät und die Entdeckung der Briefmarken hatte mich in heitere Stimmung versetzt. Unverzüglich leckte ich die Zehncentmarke an, klebte sie auf Harrys Brief und stand dann auf, um eine vorschriftsmäßige Marke dazu aufzutreiben.

Die Suche führte mich in mein Schlafzimmer, wo ich das nötige Porto in der Brieftasche in meinem Mantel fand.

Den Brief hatte ich auf dem Schreibtisch liegen lassen.

Bei meiner Rückkehr in die Bibliothek war er verschwunden.

Ich muss wohl kaum erwähnen, dass mich das verwirrte. Er konnte nirgendwo hingekommen sein. Es war niemand da, der ihn hätte nehmen können. Das Fenster stand offen, aber es handelte sich um ein Panoramafenster mit Blick über zwanzig Stockwerke und da hindurch war niemand hereingekommen.

Wind, der den Umschlag auf den Boden geweht haben konnte, herrschte auch nicht. Ich schaute nach. Überall schaute ich nach und wurde immer verwirrter.

Und gerade als ich aufgeben wollte, klingelte mein Telefon. Es war Harry Norris, der mich aus Boston anrief. Er klang angespannt. Schnell fand ich heraus, warum.

Drei Minuten zuvor, beim Zubettgehen, war der Brief, den ich eben als verloren abgeschrieben hatte, durch sein Fenster hereingeflattert und zu seinen Füßen auf dem Boden gelandet.

Am nächsten Nachmittag kam Harry Norris in New York an. Am Telefon hatte ich ihm schließlich versprochen, die anderen Marken so lang sicher zu verstauen, bis wir sie gemeinsam begutachten konnten.

Ganz offensichtlich war die Briefmarke für all das verantwortlich. Irgendwie hatte sie den Brief aus meiner Bibliothek auf direktem Weg vor Harry Norris' Füße befördert, innerhalb von circa drei Minuten oder mit einer Durchschnittsgeschwindigkeit von über siebentausend Kilometern pro Stunde.

Bei dem Gedanken konnte die Vorstellungskraft nur ins Taumeln geraten. Meine auf jeden Fall.

Harry kam um die Mittagszeit, und beim Essen erzählte ich ihm alles haargenau. Er war enttäuscht von der Dürftigkeit meiner Informationen. Doch ich hatte den bereits bekannten Fakten nichts hinzuzufügen, und diese Fakten sprachen für sich.

Im Grunde beschränkten sie sich auf Folgendes: Ich hatte die El-Dorado-Marke auf Harrys Brief geklebt, und der hatte sich umgehend und ohne jegliches Zutun selbst zugestellt.

»Nein, das stimmt so nicht ganz!«, platzte Harry heraus. »Sieh mal, ich habe den Brief dabei. Und –«

Er hielt ihn mir hin und ich erkannte meinen Irrtum. Es hatte sehr wohl ein Zutun gegeben, denn die Briefmarke war abgestempelt. Ja, und auch der Umschlag war entwertet, mit deutlich lesbarer, blasslila Tinte.

Vereinigte Staaten von El Dorado, besagte der Stempel. Er war kreisrund, so wie unsere auch, und in der Mitte, wo gewöhnlich der Zeitpunkt des Abstempelns angegeben ist, stand lediglich *Donnerstag*.

»Heute ist Donnerstag«, merkte Harry an. »Die Marke hast du nach Mitternacht aufgeklebt?«

»Kurz danach«, sagte ich zu ihm. »Schon seltsam, dass man Stunden und Minuten in El Dorado so gar keine Beachtung schenkt, oder?«

»Beweist bloß, dass es ein tropisches Land ist«, behauptete Harry. »Zeit hat doch in den Tropen eine andere Bedeutung als hier. Aber worauf ich eigentlich hinauswollte: Der Donnerstagsstempel belegt deine Annahme, dass El Dorado wahrscheinlich in Mittelamerika liegt. Weiter östlich wäre *Mittwoch* aufgestempelt gewesen, oder? Aufgrund des Zeitunterschieds.«

»Oder Freitag?«, fragte ich unsicher, da ich mich damit nicht sonderlich gut auskannte. »Jedenfalls lässt sich das leicht herausfinden. Wir brauchen nur in den Atlas zu schauen. Wieso sind wir darauf nicht früher gekommen?«

Harrys Miene hellte sich auf.

»Na klar«, sagte er. »Wo bewahrst du deinen auf?«

Offenbar hatte ich jedoch gar keinen Atlas im Haus – nicht einmal einen kleinen. Also riefen wir bei einer der großen

Buchhandlungen an und bestellten ihren neuesten und größten Atlas. Und während wir warteten, untersuchten wir noch einmal den Brief und spekulierten über sein Sendeverfahren.

»Eilzustellung!«, erklärte Harry. »Das will ich meinen! Schlägt die Luftpost um Längen. Aber wenn dieser Brief wirklich den ganzen Weg bis nach Mittelamerika zurückgelegt hat und *dann* nach Boston, muss seine Durchschnittsgeschwindigkeit bei –«

Wir überschlugen grob und kamen auf dreitausend Kilometer pro Minute. Dann schauten wir einander an.

»Unglaublich!«, keuchte Harry. »Die Vereinigten Staaten von El Dorado mögen ein kleines Land sein, aber damit sind sie wirklich auf etwas Bahnbrechendes gestoßen! Ich frage mich, wieso wir davon noch nichts gehört haben.«

»Vielleicht halten sie es geheim«, schlug ich vor. »Nein, das kann nicht sein, denn ich hatte die Marken etliche Jahre, und davor mein Vater.«

»Hier stimmt etwas nicht, das sag ich dir«, behauptete Harry düster. »Wo sind die übrigen? Wir sollten sie testen, während wir auf den Atlas warten.«

Damit holte ich die übrigen vier unbenutzten Briefmarken hervor und reichte sie ihm. Harry war, unter anderem, ein recht guter Künstler und pfiff anerkennend ob der Kunstfertigkeit. Sorgfältig begutachtete er jede einzelne, doch es war – das hatte ich mir schon gedacht – die Dreidollarmarke, die ihm ins Auge stach.

»Was für eine Schönheit!«, sagte Harry laut.

Ich wusste nicht, ob er die Marke oder die Frau meinte, aber ich hatte so meine Vermutungen. Schließlich hatte ich genauso reagiert, und Harry war jünger als ich. Und, so möchte ich hinzufügen, ein gutes Stück attraktiver.

Gerade legte Harry jedoch die eine beiseite und begutachtete die anderen. Dann wandte er sich zu mir um.

»Was mir nicht aus dem Kopf geht«, erklärte er, »wie lebensecht die Figuren aussehen. Wenn ich's nicht besser wüsste, würde ich vermuten, die Marken seien nicht einfach gedruckt. Ich würde glauben, die Druckplatten seien mit einem der neuen elektronischen Verfahren von Fotos erstellt worden.«

»Fotos!«, rief ich aus und Harry nickte.

»Natürlich wissen wir beide, dass das nicht sein kann«, fügte er hinzu. »Einhörner, Neptuns und Pans laufen dieser Tage ja nicht einfach herum und lassen sich fotografieren. Aber sie vermitteln mir das Gefühl.«

Ich räumte ein, dass es mir ebenfalls so ging. Doch da wir uns hinsichtlich der Unmöglichkeit einig waren, verwarfen wir diesen Teil der Frage und kamen wieder zum Problem der Transportmethode zurück.

»Du warst also bei seinem Verschwinden nicht im Zimmer«, bemerkte Harry. »Das heißt, du hast ihn nicht verschwinden sehen. Faktisch weißt du nicht, was passiert ist, nachdem du die Marke aufgeklebt hast und weggegangen bist, oder?«

Ich nickte und Harry schwieg ein Weilchen nachdenklich und tippte sich mit den Fingernägeln an seine weißen, gleichmäßigen Zähne.

Schließlich blickte er auf.

»Ich finde«, sagte er, »wir sollten es herausfinden, indem wir etwas mit einer der anderen Marken darauf verschicken.«

Wieso mir das nicht früher eingefallen war, ich weiß es nicht. Sobald Harry die Idee ausgesprochen hatte, erkannte ich ihre Richtigkeit. Nun musste nur noch entschieden werden, was versandt werden sollte und an wen.

Das hielt uns etliche Minuten auf. Es gab niemanden, den wir zum jetzigen Zeitpunkt davon in Kenntnis setzen mochten, und einander konnten wir nichts schicken, da wir zusammen waren.

»Ich hab's!«, rief Harry schließlich. »Wir schicken etwas nach El Dorado!«

Der Gedanke begeisterte ihn.

Ich willigte ein, doch wie es zu dem Beschluss kam, statt eines Briefes Thomas à Becket zu verschicken, meinen alten und kränklichen Siamkater, weiß ich nicht mehr.

Ich weiß nur noch, dass der Vorschlag von Harry kam und zu dem Zeitpunkt logisch erschien. Möglicherweise keimte da schon eine Idee in seinem Kopf … Aber wie gesagt, ich weiß es nicht. Jedenfalls sollte Thomas à Becket also verschickt werden.

Ich weiß noch, dass ich mir einredete, dies sei eine humane Art, das Tier loszuwerden. Die Übermittlung mit ungeheuren einhundertachtzigtausend Kilometern pro Stunde würde ihn zweifellos von seinen Leiden erlösen, schnell und schmerzlos. Mir blieb das schlechte Gewissen erspart, es selbst zu erledigen oder erledigen lassen zu müssen, und falls er überhaupt eine

Meinung dazu hatte, konnte er sich damit trösten, ein der Wissenschaft dienliches Ende gefunden zu haben.

Was man im Postamt in El Dorado davon hielte, sich im Besitz eines toten Siamkaters wiederzufinden, darüber stellte ich keine Mutmaßungen an.

Thomas à Becket schlief gerade, schwerfällig schnaufend, unter dem Sofa. Ich fand einen passenden Karton und wir stanzten Luftlöcher hinein. Dann hob ich Thomas hoch und verfrachtete ihn in den Karton. Er machte die wässrigen alten Augen auf, blickte mich flüchtig an und schlief wieder ein. Mit einem Anflug von schlechtem Gewissen machte ich den Deckel zu und wir verschnürten die Kiste mit dickem Zwirn.

»Und nun«, sagte Harry nachdenklich, »stellt sich natürlich die Frage nach der Adresse. Freilich tut es für unseren Zweck eine x-beliebige.«

Er nahm einen Stift und schrieb eilig darauf: *Mr Henry Smith, 711 Elysium Avenue, Nirvana, Vereinigte Staaten von El Dorado.* Und darunter: *Vorsicht, Lebendfracht!*

»Aber –«, hob ich an. Harry fiel mir ins Wort.

»Nein«, sagte er, »natürlich kenne ich keine solche Adresse. Ich habe sie mir ausgedacht. Das wissen die Leute auf dem Postamt aber nicht, richtig?«

»Und wenn –«, setzte ich wieder an, und wieder hatte er eine Antwort, bevor ich die Frage beendet hatte.

»Ich rechne damit, dass es bei den unzustellbaren Sendungen landet«, sagte er zu mir. »Und *falls* er tot sein sollte, entsorgen sie ihn. Lebt er noch, werden sie sich ganz bestimmt gut um ihn kümmern. Den Marken nach zu urteilen, ist das Leben dort einfach und fröhlich und das Klima könnte ihm guttun. Seine Vorfahren haben doch in den Tropen gelebt.«

Damit brachte er mich zum Schweigen, nahm eine Briefmarke zur Hand – den Fünfzigcentwert –, leckte sie an und drückte sie auf die Kiste. Dann zog er die Hand weg und trat einen Schritt zurück.

Gespannt beobachteten wir das Paket.

Erst geschah rein gar nichts.

Gerade als Harry allmählich enttäuscht dreinblickte, erhob sich die Kiste mit Thomas à Becket langsam in die Luft, drehte sich wie eine Kompassnadel und schwebte mit zunehmendem Tempo aufs offene Fenster zu.

Mit ungeheurer Schnelligkeit schoss sie hindurch und ins Weite hinaus. Wir rannten zum Fenster und sahen sie nach Westen hin aufsteigen, über die Skyline von Manhattan.

Und während wir ihr nachblickten, verschwammen ihre Umrisse langsam und waren kurz darauf gänzlich verschwunden. So schnell und dadurch unsichtbar wie eine Gewehrkugel.

Doch Harry hatte einen anderen Gedanken. Er schüttelte den Kopf, als wir vom Fenster wegtraten. In seinen Augen lag ein erstauntes Funkeln.

»Nein«, sagte er, »das glaube ich nicht. Ich habe da so eine Ahnung –«

Worin seine Ahnung bestand, fand ich nie heraus. Denn genau in dem Augenblick blieb ihm der Mund offen stehen und er erstarrte. Er sah an mir vorbei und ich wandte mich um, wollte sehen, was ihn derart bewegte. Und womöglich erstarrte auch ich.

Vor dem Fenster schwebte das eben verschwundene Paket. Kurz hing es in der Luft, flog dann langsam ins Zimmer, landete lautlos auf dem Tisch, von dem es keine zwei Minuten zuvor gestartet war.

Uns müssen fast die Augen herausgefallen sein.

Denn das Paket war ordentlich abgestempelt und entwertet, so wie es auch beim Brief der Fall gewesen war. Nur hatte diesmal jemand in großen lila Buchstaben zusätzlich in eine Ecke gestempelt: *Zurück an Absender. Adressat unter dieser Anschrift unbekannt.*

»Na!«, sagte Harry schließlich. Das passte nicht wirklich, etwas anderes fiel jedoch keinem von uns ein. Da ließ im Innern des Kartons Thomas à Becket ein Maunzen vernehmen.

Ich schnitt den Zwirn durch und hob den Deckel an. Thomas à Becket sprang mit einer Lebhaftigkeit heraus, wie er sie seit Jahren nicht an den Tag gelegt hatte. Er pirschte auf dem Boden auf und ab und fauchte leise wie vor Empörung.

Es war nicht zu leugnen: Statt ihn umzubringen, hatte ihm sein Ausflug nach El Dorado, so kurz er auch gewesen sein mochte, gutgetan. Er sah fünf Jahre jünger aus.

Verblüfft drehte und wendete Harry Norris den Karton in den Händen.

»Was mir nicht aus dem Kopf geht –«, meinte er, »dass es so eine Adresse wie 711 Elysium Avenue wirklich gibt. Ich schwöre, das habe ich mir bloß ausgedacht.«

»Das ist ja noch nicht alles«, erinnerte ich ihn. »Schon allein, dass das Paket zurückgekommen ist. Wir haben keine Absenderadresse daraufgeschrieben.«

»Haben wir nicht«, stimmte Harry zu. »Und dennoch wussten sie wohl, wohin sie es zurückschicken mussten. In El Dorado verfügen sie über ein sehr außerordentliches Postwesen. Da könnte Washington so einiges gewinnbringend nachmachen.«

Er grübelte noch ein Weilchen. Dann stellte er den Karton ab.

»So langsam glaube ich«, sagte er mit einem seltsamen Ausdruck im Gesicht, »da steckt mehr dahinter, als uns bewusst ist. Sehr viel mehr. Die ganze Wahrheit ist vermutlich viel aufregender, als wir ahnen. Was diese Vereinigten Staaten von El Dorado angeht, habe ich da so eine Theorie …«

Die verriet er mir jedoch nicht. Stattdessen fiel sein Blick wieder auf die Dreidollarmarke und er verstummte mitten im Satz und nahm sie in die Hand.

»Donner und Doria«, flüsterte er, mehr vor sich hin als mir zu – gelegentlich neigte er zu solch vorsintflutlichen Ergüssen –, »sie ist wunderschön. Traumhaft. Mit einem solchen Modell ließen sich Meisterwerke malen. Selbst von einem wie mir. Um ihr zu begegnen, gäbe ich … gäbe ich … nun ja, fast alles.«

»Ich fürchte, dafür müsstest du nach El Dorado fahren«, behauptete ich leichtfertig und Harry zuckte zusammen.

»Müsste ich! Und ich würd's sofort machen. Hör mal! Diese Marken lassen ja darauf schließen, dass dieses El Dorado durchaus faszinierend sein muss. Was hältst du von einem Besuch? Keiner von uns ist an irgendetwas gebunden und –«

»Wir reisen hin, nur damit du die Frau von der Briefmarke kennenlernen kannst?«, wollte ich wissen.

»Warum nicht? Fällt dir ein besserer Grund ein?«, fragte er. »Mir schon. Zum einen das Klima. Sieh doch, wie viel besser es dem Kater geht. Sein kleiner Ausflug hat ihm Jahre seines Lebens geschenkt. Muss ein hochgradig heilsamer Ort sein. Vielleicht macht er wieder einen jungen Mann aus dir. Und außerdem –«

Er musste gar nicht weiterreden. Ich war längst überzeugt. Wie er sagte: Diese Briefmarken vermittelten das Bild von El Dorado als einem mehr als sehenswerten Ort.

»Gut«, stimmte ich zu. »Wir nehmen das erste Boot. Aber wenn wir da ankommen, wie sollen –«

»Logik«, entgegnete Harry prompt. »Nur mit Logik. Das Mädchen muss für jemanden Modell gestanden haben, richtig? Und der Leiter der Post von El Dorado muss doch wissen, wer es gemalt hat, richtig? Wir gehen einfach direkt zum Leiter des Postamts. Er wird uns zu dem Künstler führen. Der gibt uns ihren Namen und ihre Adresse. Nichts leichter als das.«

Ich hatte mir nicht bewusst gemacht, wie einfach es werden würde. So langsam steckte seine Ungeduld auch mich an.

»Vielleicht brauchen wir gar kein Schiff«, schlug ich vor. »Vielleicht gibt es einen Flug dorthin. Das würde uns –«

»Schiff!« Händeringend schritt Harry Norris im Zimmer auf und ab. »Flug! Von mir aus nimm du Flugzeuge und Schiffe. Ich habe eine bessere Idee. Ich reise per Post nach El Dorado!«

Bis die wunderbare Einfachheit seiner Idee sich mir erschloss, war ich etwas verdutzt. Rasch gab er jedoch zu bedenken, dass Thomas à Becket von seiner Reise unversehrt zurückgekehrt war. Wenn eine Katze das konnte, dann konnte das auch ein Mensch.

Nichts stand der Sache im Weg, abgesehen von der Wahl eines Reiseziels. Die ganze Mühe wäre vertan, wenn wir mangels einer ordnungsgemäßen Adresse schmachvoll wieder zurückgesandt würden.

»Auch das habe ich bedacht«, sagte Harry prompt, als ich das zur Sprache brachte. »Als Erstes würde ich mich bei der Ankunft an den Leiter der Post wenden. Den gibt es ganz sicher. Und an ihn adressierte Post wäre wohl am einfachsten zuzustellen. Wieso also nicht zwei Fliegen mit einer Klappe schlagen und mich gleich an sein Büro schicken?«

Die Antwort auf all meine Einwände. Dies war der vernünftigste und sinnvollste Plan, den ich je gehört hatte.

»Ich könnte«, fuhr Harry Norris mit wachsender Begeisterung fort, »schon heute mit ihr zu Abend speisen! Granatäpfel unterm golden schimmernden Mond, und in den Schatten flötet Pan, und Nymphen tanzen auf samtigem Grün!«

Anschließend grinste er, ein wenig verlegen darüber, dass seine Fantasie derart mit ihm durchgegangen war.

»Jedenfalls«, sagte er, »Abendessen mit ihr. Und nun zu den Einzelheiten. Wir haben noch drei Marken übrig – im Wert von insgesamt neun Dollar. Das sollte ausreichen. Ich bin etwas leichter, du hast anscheinend neuerdings zugenommen. Vier Dollar sollten mich befördern – eins plus drei. Somit bleibt für dich die Fünfdollarmarke. Die Adresse schreiben wir auf Schildchen und binden sie uns ums Handgelenk. Du hast doch Adressanhänger? Ja, hier in der Schublade sind ein paar. Gib mir mal Füller und Tinte. So etwas sollte sehr gut …«

Er schrieb etwas und anschließend hielt er mir die Schildchen hin. Sie waren identisch. *Büro des Postvorstands*, stand darauf. *Nirvana, Vereinigte Staaten von El Dorado. Vorsicht, Lebendfracht.*

»Und jetzt«, sagte er, »binden wir uns jeder eines ans Handgelenk …«

Doch ich zog die Hand zurück. Irgendwie brachte ich es nicht über mich. So reizvoll er den Ort auch ausgemalt hatte, die Vorstellung, mich selbst ins Unbekannte zu verschicken, so wie ich es mit Thomas à Becket getan hatte, verursachte mir Unwohlsein.

Ich sagte, ich käme nach. Ich würde das erste Schiff oder Flugzeug nehmen und ihn dort treffen, zum Beispiel im besten Hotel der Stadt. Doch mich per Post zu versenden, das könne ich nicht.

Harry war enttäuscht, hatte aber inzwischen keine Geduld mehr für Diskussionen.

»Na gut«, willigte er ein. »Aber solltest du aus irgendwelchen Gründen weder Schiff noch Flug bekommen, wirst du die letzte Marke benutzen und nachkommen?«

Ich versprach es hoch und heilig. Und damit streckte er mir den rechten Arm hin und ich befestigte ein Schild daran. Dann nahm er die Eindollarmarke, feuchtete sie an und klebte sie auf das Schildchen. Er hatte die Dreidollarmarke in der Hand, da klingelte es an der Tür.

»In einer Minute«, sagte er, »oder vielleicht noch weniger bin ich schon im schönsten Land, das die menschliche Fantasie je hervorgebracht hat. Und dann –«

»Warte!«, rief ich und lief hinaus, um aufzumachen. Ich weiß nicht, ob er mich nicht hörte. Er führte gerade die zweite Marke zum Mund, um sie zu befeuchten, und das war das Letzte, was ich von ihm sah.

Als ich mit dem Paket in den Händen zurückkam – der Bote von der Buchhandlung hatte den bestellten Atlas gebracht –, war Harry Norris verschwunden.

Thomas à Becket saß aufrecht da und starrte zum Fenster. Die Gardinen flatterten noch. Ich rannte hin. Doch Norris war nirgends zu sehen.

Er musste wohl die Briefmarke aufgeklebt und nicht bemerkt haben, dass ich das Zimmer verlassen hatte. Vor meinem inneren Auge sah ich ihn, wie er just in dem Moment auf seinen zwei Beinen ins Büro eines erstaunten Postdirektors zugestellt wurde.

Da fiel mir ein, dass ich ja auch einfach herausfinden konnte, wo die Vereinigten Staaten von El Dorado eigentlich lagen. Also riss ich das Packpapier von dem großen Buch, das die Buchhandlung geschickt hatte, und begann darin zu blättern.

Als ich fertig war, saß ich eine Weile regungslos da. Von Zeit zu Zeit warf ich einen Blick auf das unbenutzte Schildchen und die ungestempelte Briefmarke auf meinem Schreibtisch. Dann fasste ich einen Entschluss.

Ich stand auf und holte Harrys Tasche. Zum Glück war Sommer und er hatte hauptsächlich leichte Kleidung dabei. Ich legte ein paar Dinge dazu, die er meinem Ermessen nach vielleicht brauchen konnte, einschließlich einer Stange Zigaretten sowie Füller und Tinte für den Fall, dass er mir schreiben wollte.

Nachträglich steckte ich noch eine kleine Bibel hinein.

Dann machte ich die Tasche zu und befestigte das Schild daran. Über die Adresse schrieb ich *Harry Norris*, klebte die letzte Briefmarke darauf und wartete.

Binnen Sekunden erhob sich die Tasche in die Luft, schwebte zum Fenster hinaus und davon.

Meiner Schätzung zufolge käme sie an, bevor Harry das Büro des Postdirektors verließ, und ich hoffte, er werde mir eine Postkarte oder irgendeine andere Form der Empfangsbestätigung schicken. Das tat er jedoch nicht. Vielleicht war es ihm nicht möglich.

An der Stelle endete Morks, als sei seine Geschichte zu Ende. Unbemerkt hatte Malcolm unser Grüppchen kurzzeitig verlassen. Nun drängelte er sich, in den Händen einen großen Atlas, wieder herein.

»Das ist also aus deinen Raritäten geworden!«, sagte er mit

kaum verhohlenem Spott. »Sehr interessant und unterhaltsam. Doch eines möchte ich klarstellen. Die Briefmarken wurden von den Vereinigten Staaten von El Dorado ausgestellt, sagtest du. Nun, ich habe gerade den Atlas durchgeschaut, und einen solchen Ort gibt es nirgends auf der Welt.«

Schwermütig sah Morks ihn an.

»Das weiß ich«, sagte er. »Deshalb habe ich ja an dem Tag mein Versprechen gegenüber Harry Norris, mit der letzten Briefmarke nachzukommen, nicht gehalten. Inzwischen bedaure ich das. Wenn ich daran denke, wie Harry sich dort vergnügt … Aber Reue ist zwecklos. Ich konnte nicht anders. Die Wahrheit ist: Für einen kurzen Moment hat mich damals der Mut verlassen, als ich feststellte, dass es einen Ort wie die Vereinigten Staaten von El Dorado nicht gibt – also, nicht auf Erden.«

Traurig schüttelte er den Kopf.

»Wie gern hätte ich gewusst, woher mein Vater diese Marken hatte«, murmelte er vor sich hin. Dann verfiel er in nachdenkliches Schweigen.

Der wundervolle Tag

I

Danny kauerte auf der Treppe und hörte den Erwachsenen unten im Wohnzimmer zu. Eigentlich hätte er im Bett sein sollen, denn ganz gesund war er noch nicht.

Aber es war so einsam die ganze Zeit mit Windpocken im Bett, und er hielt es nicht aus und schlich in seinem Wollschlafanzug die Treppe hinunter, um Papa und Mama, Schwesterherz, Onkel Ben und Tante Anna zu belauschen.

Papa – das war Dr. Norcross, und wer krank war, ging zu ihm – und die anderen spielten Bridge. Schwesterherz, die auf die Highschool ging, lernte Latein. Allerdings nicht so fleißig, dass sie nicht an der Unterhaltung teilnehmen konnte.

Sie sprachen hauptsächlich über Leute aus Locustville, einer Kleinstadt, in der jeder jeden kannte, jedenfalls gut genug, um übereinander zu reden.

»Locustville!« Das war Mama, und sie seufzte. »Schön ist es schon hier mit dem Fluss, den Bäumen und den Wäldern drum herum, und Toms Praxis läuft gut. Aber die Leute! Würde die doch bloß mal irgendetwas aufrütteln und ihnen vor Augen führen, wie kleinlich und boshaft und unglücklich sie sind!«

»So wie Nettie Peters«, sagte Papa trocken. Danny kannte Miss Peters. Stets auf dem Sprung zu einem Nachbarn, um über andere zu tratschen. Wisper-wisper-wisper. Stets nur Gemeinheiten. »Sie versorgt diese Stadt mit Klatsch und Tratsch. Sollte es je eine Frau mit einer gespaltenen Zunge mit Scharnier in der Mitte gegeben haben, dann sie.«

Onkel Ben lachte.

»Es ginge uns besser hier«, merkte er an, »wenn das Geld gerechter verteilt wäre. Gehörte nicht Jacob Earl die halbe Stadt, wären die Leute vielleicht offener und nachsichtiger. Aber niemand, der Schulden bei ihm hat, wagt es, den Mund aufzumachen.«

»Komisch«, warf Papa ein, »wie manche Menschen die Kunst beherrschen, auf Kosten anderer Geld zu verdienen. Was Jacob Earl auch anfasst, es scheint für ihn Geld zu drucken – Geld aus fremden Taschen. Wie das Kiesfeld, das er von John Wiggins hat. Das würde ich gern mal umgekehrt erleben.«

»Aber wenn's um Geiz geht« – das war die empörte Tante Anna – »ist Luke Hawks Spitzenreiter. Ich habe ihn schon im Gebrauchtwarenladen Sachen für seine Kinder kaufen sehen, und so schwer, wie es dem fiel, sein Geld loszulassen, hätte man meinen können, es klebt ihm an den Fingern!«

»Stellt sich die Frage, was schlimmer ist«, sagte Papa, »Geiz oder Trägheit? Vermutlich Geiz, denn die meisten trägen Leute haben wenigstens ein gutes Herz. Henry Jones zum Beispiel. Henry wünscht sich so vieles und tut so wenig dafür, es zu bekommen, wie kein anderer. Wenn Wünsche Pferde wären, besäße Henry die größte Herde diesseits des Mississippi.«

»Aber es gibt schon auch nette Leute hier«, mischte sich Schwesterherz ein. »Mir ist egal, was die alte Klatschtante Miss Peters oder diese eingebildete Mrs Norton sagt – ich finde Miss Avery, meine Sport- und Englischlehrerin, prima. Besonders hübsch ist sie nicht, aber nett. Ihre Stimme klingt wie Silberglöckchen, und wäre dieser Bill Morrow – dessen Vater die Werkzeugfabrik gehört und der in seiner Freizeit die Footballmannschaft trainiert – kein solcher Esel, hätte er sich längst in sie verliebt. Sie ist verrückt nach ihm, aber zu stolz, es zu zeigen, und wegen dieser blöden Betty Norton hält er sich für den Größten, weil die ihm gegenüber immer schöntut.«

»Wenn er Betty heiratet«, sagte Tante Anna, »wird ihre Mutter nicht mehr zu halten sein. Mrs Norton ist jetzt schon so aufgeblasen, weil sie die Frau des Bankdirektors ist und das gesellschaftliche Leben der Stadt beherrscht, und wenn sie dann noch die Morrow Werkzeugfabrik zum Schwiegersohn kriegt, schwillt sie noch ein kleines bisschen mehr an und schwebt davon wie ein Ballon.«

Alle lachten und das Gespräch versiegte langsam.

Mama erwähnte, wie wenig sie die falsche Minerva Benson mochte, die so freundlich zu den Leuten war und ihnen dann in den Rücken fiel.

Schwesterherz hielt den Buchhändler Mr Wiggins für einen netten Mann, der doch die Schneiderin Miss Wilson heiraten solle, eine einfache Frau, die bildschön wäre, wenn ihr *Äußeres* ihrem *Inneren* entspräche.

Laut Schwesterherz würde er das jedoch nie tun, weil er mittellos war und sich schämte, um die Hand einer Frau anzuhalten, wenn er noch nicht einmal seinen eigenen Lebensunterhalt verdienen konnte.

Dann spielten sie weiter Bridge. Danny fühlte sich schwach und zitterte und ging lieber schnell wieder ins Bett, bevor Mama ihn erwischte. Er zog sich die Decke über den Kopf und zog das komische Ding unter seinem Kissen hervor, das er in der alten Truhe mit seinen Spielsachen, Schlittschuhen und noch anderen Dingen gefunden hatte.

Es war in ein weiches Stück Leder eingewickelt gewesen, und entdeckt hatte er es in einem kleinen Hohlraum hinter einer der Schubladen. Ein Name war ins Leder eingefärbt, Jonas Norcross. Papas Großvater hatte Jonas geheißen, also hatte es ursprünglich vielleicht ihm gehört.

Es handelte sich um ein kleines, spitzes Stück Elfenbein, oben scharf und rund an der Unterseite, als hätte man es von einem

Elefantenstoßzahn abgesägt. Nur war es spiralförmig gewunden wie ein Schneckenhaus, also stammte es vielleicht gar nicht von einem Elefanten, sondern von einem Tier, das Danny einmal in einem Buch gesehen hatte, einem Tier wie ein Pferd, mit einem langen Horn auf der Stirn. An den Namen konnte er sich nicht mehr erinnern.

Es war vom Alter vergilbt und auf der Unterseite war ein komisches Zeichen eingeritzt, kreuz und quer verlaufende Linien, sehr kompliziert. Vielleicht chinesische Schrift. Jonas Norcross war Kapitän eines Klippers gewesen, der Handel mit China betrieb, es könnte also den ganzen weiten Weg aus China hergereist sein.

Er hielt das Stück Elfenbein in der Hand. Es wärmte seine Finger so schön. Er dachte an ein Bild aus seinem Buch über König Artus' Tafelrunde – ein Bild von Königin Guinevere mit dem goldenen Haar. Bestimmt hatte Schwesterherz mit ›bildschön‹ gemeint, Miss Wilson müsste so schön sein wie dieses Bild.

Erwachsene waren nicht immer leicht zu verstehen, wenn sie Dinge anders sagten, als sie waren.

Danny gähnte. Wäre es aber nicht komisch ... Er gähnte wieder und die schläfrige Schwere, die ihn überkam, ließ seine Augen zufallen. Zuvor schwirrte ihm jedoch ein letzter Gedanke durch den Kopf.

Da schien ein seltsamer sanfter Wind im Zimmer aufzukommen. Er ließ die Vorhänge flattern und die Fensterläden klappern. Nur eine Sekunde lang streifte Danny das Gefühl, jemand sei bei ihm im Zimmer. Dann verschwand es wieder und über den lustigen Gedanken lächelnd schlief Danny ein.

II

An diesem Morgen erwachte Henry Jones mit dem Geruch von gebratenem Speck in der Nase. Er gähnte und streckte sich behaglich. Auf der Kommode gegenüber stand eine Uhr, daraufzuschauen war jedoch zu mühsam.

Er sah auf die Stelle, wo das Sonnenlicht auf den Teppich fiel. Daran erkannte er, dass es auf neun zuging.

Unten klapperte Geschirr. Martha war längst auf den Beinen. Und kurz davor, die Geduld mit ihm zu verlieren, weil er so lang im Bett blieb.

»Hoa *huuuum!*«, gähnte Henry und schob die Bettdecke weg. »Ich wünschte, ich wär schon angezogen.«

Wie ein Echo seines Gähnens drang ein schrilles Wiehern aus dem großen, unordentlichen Hinterhof an sein Ohr. Dessen ungeachtet schlüpfte Henry in seine Hose und sein Hemd, seine Socken und Schuhe, band eine Krawatte um, kämmte beiläufig seine Haare und schlenderte hinunter ins Esszimmer.

»Na!«, bemerkte seine Frau Martha bissig, die mit einem Servierteller in der Tür erschien, als er sich auf seinen Stuhl fallen ließ. »Es ist schon nach neun. Wenn du heute Arbeit suchen willst, bist du schon viel zu spät dran!«

Ungläubig schüttelte Henry den Kopf, während sie den Speck und die Eier vor ihn hinstellte.

»Weiß nicht, ob ich heute raussollte«, murmelte er. »Fühl mich nicht so gut. Mmh, das sieht gut aus. Aber ab und zu würde ich mir doch Würstchen wünschen.«

Aus dem Hinterhof drang ein weiteres schrilles Wiehern, das unbemerkt blieb.

»Würstchen sind teuer«, sagte Martha zu ihm. »Wenn du eine ordentliche Arbeit kriegst, können wir uns vielleicht welche leisten.«

»Da ist Hawks«, bemerkte Henry interessiert beim Blick aus dem Fenster zur Straße, als ein hagerer, schmalgesichtiger Mann am Haus vorbeilief, an seiner Seite eine schöne, aber schäbig gekleidete kleine Frau. »Millie hat ihn wohl bearbeitet, endlich mal neue Sachen für die Kinder zu kaufen. Höchstens einmal pro Jahr kriegt sie ihn überredet, ein bisschen Geld auszugeben.«

»Und bei seinem Anblick denkt man, er stirbt gleich«, meinte seine Frau, »bloß wegen ein paar Schuhen für zwei Dollar für die liebsten Kinder der ganzen Welt. Er missgönnt denen ja fast schon jeden Bissen auf dem Teller.«

»Trotzdem wünschte ich«, Henry schüttelte weise den Kopf, »ich hätte das Geld, das er auf der hohen Kante hat.«

Aus dem Hinterhof erklang das Geräusch galoppierender Hufe. Martha war zu sehr damit beschäftigt, Henry zu schelten, als dass es ihr aufgefallen wäre.

»Immer wünschen, wünschen, wünschen!«, tobte sie. »Aber nie arbeiten, arbeiten, arbeiten! Ach, Henry, niemand auf der Welt könnte mich so zur Verzweiflung bringen wie du!«

»Martha, ich bin nicht gut genug für dich«, seufzte Henry. »Ich wünschte, du hättest einen besseren Ehemann. Im Ernst.«

Dieses Mal war das Wiehern hinterm Haus mehrstimmig und zu laut, um unbemerkt zu bleiben. Henrys dralle Frau zuckte zusammen und eilte verwundert in die Küche hinaus. Kurz darauf hörte Henry sie schreien.

»Henry! Der ganze Hof ist voller Pferde! Die springen überall herum!«

Die Neuigkeit war überraschend genug, um Henrys frühmorgendliche Trägheit zu bezwingen. Er stellte sich zu seiner Frau ans Küchenfenster und sah mit großen Augen in den Hinterhof.

Der war voller – dem Anschein nach waren es jedenfalls eine Menge – Tiere. Martha hatte sie Pferde genannt. Pferde waren das nicht wirklich. Aber auch keine Ponys. Sie waren zu klein für das eine und zu groß für das andere. Und sie hatten langes Fell, wild wallende Mähnen und schienen stark und gefährlich genug, um es mit Tigern aufnehmen zu können.

»Teufel noch eins!«, rief Henry, dem die Gesichtszüge entglitten waren. »Ich wünschte, ich wüsste, wo diese Viecher herkommen!«

»Henry!« Martha umklammerte seinen Arm. »Jetzt sind es schon fünf!«

Vier waren es gewesen, die im Hof herumtrabten, die alte Blechkiste beschnupperten, die Henry einst gefahren hatte, mit den Hufen gegen den einengenden Lattenzaun traten. Nun waren es tatsächlich fünf.

»Herrje!« Beim Schlucken hüpfte Henrys Adamsapfel auf und ab. »Wir müssen uns verzählt haben. Was glaubst du, wie die hier reingekommen sind?«

»Aber was sind das für Pferde, Henry?« Noch immer hielt Martha sich wie zum Schutz an seinem Arm fest, so wie schon seit Jahren nicht mehr. »Und wem gehören die?«

Henry legte einen Arm um Marthas füllige Taille und drückte sie zur Beruhigung.

»Ich wünschte, ich wüsste es, Martha«, murmelte er. »Ich wünschte, ich wüsste es.«

»Henry!« In der Stimme seiner Frau schwang echte Angst mit. »Jetzt sind es sechs!«

»Sieben«, berichtigte Henry schwach. »Die anderen zwei sind einfach … einfach so erschienen.«

Gemeinsam starrten sie die sieben struppigen Ponys an, die rastlos im Hof herumtrabten, am Zaun schnupperten, als suchten sie nach einem Ausweg aus der Enge. Mehr wurden es nicht. Als sie sahen, dass die Anzahl unverändert blieb, gewannen Henry und Martha an Selbstbeherrschung.

»Henry«, sagte seine Frau so streng, als sei er daran schuld, »hier geht etwas Seltsames vor sich. Solche Pferde hat man in Indiana noch nie gesehen.«

»Vielleicht gehören sie zu einem Zirkus«, mutmaßte Henry, der die sieben wunderlichen Tiere fasziniert betrachtete.

»Vielleicht gehören die uns!«

»Uns?« Henry klappte die Kinnlade herunter. »Wie sollten die denn uns gehören?«

»Henry«, sagte seine Frau, »du musst rausgehen und nachsehen, ob sie ein Brandzeichen haben. Ich habe gelesen, man kann ein Wildpferd für sich beanspruchen, wenn es nicht markiert ist. Und das da sind Wildpferde, wie sie im Buche stehen.«

Selbstverständlich hatte Martha noch nie im Leben, geschweige denn in einem Buch, ein Wildpferd gesehen. Was sie sagte, klang jedoch schlüssig. Dennoch tat ihr Gatte keinen Schritt in Richtung Hintertür.

»Hör zu, Martha«, sagte er, »du bleibst hier und passt auf. Lass niemanden in den Hof. Ich geh zum Stall und hole Jake Harrison. Der war früher Pferdehändler. Wenn jemand weiß, was das für Viecher sind und ob sie uns gehören, dann er.«

»Gut, Henry«, willigte seine Frau ein – zum ersten Mal seit zwei Jahren, soweit er sich besinnen konnte –, »aber beeile dich. Bitte beeile dich.«

»Mach ich!«, versprach Henry und nahm in seiner Eile nicht einmal seinen Hut mit.

Unwillig ließ sich Jake Harrison, der Stallbesitzer, von dem aufgeregten Henry halb mitzerren. Doch als er in der Küche stand und hinaus auf den Hof voller Pferde blickte, verflog seine Ungläubigkeit.

»Nicht zu fassen!« Er schnappte nach Luft. »Henry, woher hast du die?«

»Unwichtig«, sagte Henry. »Sag mir einfach, *was* die sind.«

»Mongolische Ponys«, klärte ihn der schlaksige Pferdehändler auf. »Genau solche haben Dschingis Khans Leute auf ihren

Eroberungszügen geritten. Ich habe Bilder davon in Büchern gesehen. Stell dir das vor! Mongolische Ponys in Locustville!«

»Also, die Herren«, fragte Martha weniger spöttisch, »geht ihr denn nun mal nachsehen, ob sie markiert sind? Oder habt ihr etwa Angst vor ein paar Ponys?«

»Die tun uns schon nichts«, befand der Stallbesitzer, »wenn wir vorsichtig sind. Los, Henry, woll'n mal sehen, ob ich beim Lassofangen noch was tauge. Mrs Jones, kann ich das Stück Wäscheleine benutzen?«

Henry öffnete die Küchentür und lief hinter Jake Harrison her in den Hof. Bei ihrem Eintreffen blieben die sieben – er war froh, dass ihre Anzahl sich in seiner Abwesenheit nicht geändert hatte – rastlos umhertrabenden Ponys stehen, hoben die Köpfe und sahen die Männer an.

Jake machte aus der Wäscheleine eine Schlinge und ließ sie über seinem Kopf kreisen. Argwöhnisch schnaubten die Ponys und bäumten sich auf. Nachdem er das kleinste ausgesucht hatte, ließ der große Mann die Schlinge los und sie fiel dem Tier um seinen kräftigen Hals.

Das Pony blähte die Nüstern. Es bäumte sich auf und strampelte mit den unbeschlagenen Vorderhufen, und die anderen sechs brachen los und trappelten ans andere Ende des Hofes.

Jake Harrison zog die Schlinge zu und näherte sich mit beschwichtigenden Lauten dem Pony. Es beruhigte sich und ließ sich schließlich von Jake anfassen.

»Jawoll«, rief der Stallbesitzer, »ein waschechtes mongolisches Pony. Das lange Fell hält da oben in den Bergen von Tibet die Kälte ab. Dann schauen wir doch mal, ob es ein Brandzeichen gibt. Auf der Haut ist keines. Dann lass einmal den Huf sehen.«

Widerstandslos ließ das Pony ihn den linken Vorderfuß anheben, und Henry, der sich vorbeugte, jauchzte auf.

»Sieh doch, Jake!«, schrie er. »Es ist markiert! Mit meinem Namen! Die Viecher gehören mir!«

Beide guckten sie ungläubig. Ins harte Horn war, fein säuberlich, der Name HENRY JONES eingeritzt.

Jake richtete sich auf.

»Ganz recht, es sind deine«, stimmte er zu. »Henry, nun hör doch auf mit der Heimlichtuerei und sag mir, wo du die Tiere herhast.«

Henrys Jubel verflog. Er schüttelte den Kopf.

»Ehrlich, Jake, ich weiß es nicht. Ich wünschte, ich wüsste es ... *Achtung!*«

Der große Mann machte einen Satz nach hinten. So nah, dass seine Flanken sie streiften, war zwischen ihnen ein achtes Pony erschienen.

»W... wo ...«, stammelte Jake, trat den Rückzug Richtung Hoftür an und tastete nach dem Riegel.

»Wo ...«

»Das weiß ich ja gerade nicht!« Henry tat es ihm gleich.

»Das ist es ja, ich wünschte ... Nein, tu ich überhaupt nicht! Ich wünsche mir rein gar nichts!«

Das Geisterpony, das so zart und fein wie dunkler Rauch vor ihnen aufgetaucht war, verschwand schlagartig.

Henry wischte sich übers Gesicht.

»Hast du das gesehen?«, fragte er und Jake nickte und schluckte schwer.

»Du ha-hast dir was gewünscht, und es ist au-auf einmal erschienen«, stotterte er und stieß die Tür im Lattenzaun auf. »Verschwinden wir von hier.«

»Als ich mir gewünscht ... Ach, du liebe Zeit!«, stöhnte Henry. »So war's auch bei den anderen. Als ich mir etwas gewünscht habe. Meinst du ... meinst –«

Mit blassen Gesichtern starrten sie einander an. Der Stallmeister nickte langsam.

»Mein Gott!«, flüsterte der aschfahle Henry. »So etwas hätte ich nie gedacht. Ich wünschte, ich hätte n...«

Diesmal hatte er die Worte noch nicht ganz ausgesprochen, da tauchte schon das neunte Pony aus dem Nichts vor ihnen auf.

Das war zu viel. Wie angestochen rannte Henry davon und Jake folgte ihm auf dem Fuß. Neugierig jagte das Pony ihnen nach. Seine Geschwister, die nicht allein zurückbleiben wollten, strömten fröhlich wiehernd durch die Öffnung im Zaun.

Als Henry und Jake hinter der Hausecke haltmachten, sahen sie hinter sich gerade noch die letzten Tiere auf die Straße traben. Neunfaches Wiehern drang durch die morgendliche Stille. Neunfaches Hufgetrappel.

»Die gehen durch!«, schrie Henry. »Jake, wir müssen sie einfangen, bevor sie Schaden anrichten. Herrje, ich wünschte, das wär nie passiert!«

Mit heiserem Wiehern schleuderte ihnen das zehnte Pony mit den Hufen Dreck ins Gesicht und galoppierte den anderen hinterher.

III

Etwa zur selben Zeit, als Henry Jones zu Jake Harrison lief, befühlte Luke Hawks mit mageren, raubtierhaften Fingern einen Wollanzug für Jungen.

»Das ist der billigste?«, fragte er und, dessen versichert – sämtliche Verkäufer in Locustville hüteten sich, ihm etwas anderes als das Billigste zu zeigen –, nickte er.

»Den nehm ich«, sagte er und griff zähneknirschend in seine Hosentasche.

»Findest du das Material nicht etwas dünn, Luke?«, fragte Emily Hawks mit einem flehenden Unterton. »Letzten Winter war Billy andauernd erkältet, und Ned –«

Ihr Mann bequemte sich nicht zu einer Antwort. Mit spitzen Fingern fasste er in den prallen Geldbeutel in seiner linken Hand und zog einen Zwanzigdollarschein heraus.

»Hier«, sagte er. »Und gleich kriegen Sie noch acht Dollar und vierzig Cent.«

Im Begriff, sich mit dem Schein in der Hand wegzudrehen, fuhr der Verkäufer abrupt wieder herum. Luke Hawks hatte ihm das Geld aus der Hand gerissen.

»Ist irgendetwas –«, hob er an und verstummte. Unwirsch hielt ihm der Mann nach wie vor den Schein hin.

»Da«, blaffte er. »Lassen Sie mich gefälligst nicht dumm herumstehen und warten.«

»Ja, Sir.« Der Verkäufer entschuldigte sich und griff beherzter zu. Doch er konnte Luke Hawks den Schein nicht abnehmen. Er zog. Hawks' Hand ruckte. Ärgerlich zog der hagere Mann seine Hand zurück. Und mit ihr das Geld.

»Was ist denn, Luke?«, murmelte Emily Hawks. Ihr Mann bedachte sie mit einem finsteren Blick.

»Ist wohl ein Rest Leim dran«, brummte er. »Klebt mir an den Fingern. Ich gebe Ihnen einen anderen Schein, junger Mann.«

Er steckte den Zwanziger wieder ein – was sich mühelos bewerkstelligen ließ – und holte zwei Zehner heraus. Doch auch die gingen ihm nicht aus der Hand.

Langsam wurde Luke Hawks blass. Er nahm die Scheine in die linke Hand. Zwar konnte seine linke Hand sie aus der rechten nehmen, der Verkäufer aber konnte sie weder der einen noch der anderen Hand abnehmen. Wie sehr er auch daran zog, die Scheine gingen nicht ab. Sie hafteten an Luke Hawks' Fingern wie eine zweite Haut.

Er errötete. Er konnte seiner Frau nicht in die Augen sehen.

»I-ich weiß auch nicht –«, murmelte er. »Ich lege ihn hin. Sie nehmen ihn weg.«

Vorsichtig legte er einen Zehndollarschein auf den Ladentisch, spreizte die Finger weit und hob die Hand. Zu seinem Entsetzen blieb das grüne Papier beständig an seinen Fingerspitzen haften.

»Luke Hawks«, sagte seine Frau heftig, »das ist ein Urteil über dich. Der Herr hat dein Geld mit einem Fluch belegt.«

»Psst!«, mahnte Hawks. »Netty Peters ist gerade hereingekommen und guckt schon. Sie hört dich noch und tratscht dann überall Unsinn ...«

»Das ist kein Unsinn!«, behauptete seine Frau. »Das ist die Wahrheit. Dein Geld kommt dir nicht aus den Fingern.«

Abermals wurde Luke Hawks leichenblass. Mit einem unterdrückten Fluchen riss er das gesamte Geld aus seinem Geldbeutel und wollte es auf den Tisch werfen. Zu seiner großen Erleichterung flatterte ein gefalteter grüner Zettel zu Boden, der Rest blieb allerdings in seiner Hand.

»Ha!«, keuchte er. »Stimmt nicht! Junge, wie viel ist das?«

Der Verkäufer griff nach dem Papier.

»Da-das ist ein Coupon für Zigarren, Sir«, vermeldete er mit regloser Miene.

Da ließ Luke Hawks den Kopf hängen. Er stopfte all sein Geld in den uralten schweinsledernen Geldbeutel und, darauf bedacht, dass seine Finger nur das Leder berührten, hielt ihn seiner Frau hin.

»Hier!«, wies er an. »Du bezahlst, Emily.«

Emily Hawks verschränkte die Arme und sah ihm unverwandt in seine ängstlichen Augen.

»Luke Hawks«, sagte sie in strengem, klarem Ton, der im ganzen Laden zu hören war, »seit acht Jahren machst du mir mit deiner Knauserei das Leben schwer. Und jetzt kannst du keinen Cent von deinem Geld ausgeben. Du wirst verhungern, bevor du dir auch nur ein Brot kaufen kannst. Und ich habe nicht übel Lust, das zuzulassen. Wenn ich dir nichts kaufe, bekommst du ganz sicher von niemandem etwas. Totlachen würden sich die Leute hier, wenn du, die Hände voller Geld, um Essen bettelst. Und auch die würden nichts geben.«

Luke Hawks wusste, dass sie recht hatte. Er starrte seine Frau an, die noch nie zuvor gewagt hatte, so mit ihm zu reden.

»Nein«, widersprach er. »Emily, sag das nicht. Hier, nimm du das Geld. Gib es aus, wofür du willst. Kauf alles, was wir brauchen. Ich gebe dir alles. Du … du kannst den Jungen selbst die teuersten Sachen kaufen.«

»Du meinst, ich soll von nun an das Geld verwalten?«, fragte Emily Hawks und ihr Gatte nickte.

»Ja, Emily«, stieß er hervor. »Nimm es an dich. Bitte nimm es.«

Seine Frau nahm das Portemonnaie – das sich ohne Weiteres von Lukes Händen löste – und zählte das Geld darin.

»Fünfhundert Dollar«, sagte sie laut und überlegte. »Luke, willst du mir nicht lieber einen Scheck über das Geld auf dem Bankkonto ausstellen? Wenn ich die Einkäufe erledigen soll, muss *ich* über das Geld verfügen.«

»Ein Scheck!«, rief Luke aus. »Das ist es! Ich brauche kein Geld! Ich bezahle per Scheck.«

»Versuch's«, forderte Emily ihn auf. »Ist doch dasselbe wie Bargeld oder nicht?«

Luke probierte es aus. Auch der Scheck ging ihm nicht aus der Hand. Er riss bloß entzwei, als der Verkäufer daran zog.

Da gab er auf. Er zog sein Scheckbuch heraus und unterschrieb einen Blankoscheck, den Emily ihm abnehmen konnte. Dann trug sie eigenhändig als Betrag die vollständige Summe auf dem Bankkonto ein – zwanzigtausend Dollar, wie Luke Hawks widerstrebend einräumte.

Anschließend steckte sie den Scheck in den Ausschnitt ihres Kleides.

»Also dann, Luke«, schlug sie vor, »eigentlich kannst du auch nach Hause gehen. Ich gehe zur Bank und zahle das hier auf mein Konto ein. Dann erledige ich die restlichen Einkäufe. Ich werde dich nicht brauchen.«

»Aber wie willst du die Sachen nach Hause schaffen?«, fragte ihr Gatte schwach.

Emily Hawks war schon fast an der Tür – durch die Netty Peters soeben hinausgerannt war, um die Neuigkeit in der Stadt zu verbreiten. Sie blieb jedoch stehen, drehte sich um und lächelte ihren bleichen und schwitzenden Mann strahlend an.

»Ich werde den Autohändler bitten, dass er mich fährt«, antwortete sie. »Mit dem Auto, das ich gleich kaufen werde, sobald ich aus der Bank komme, Luke.«

IV

Hufgetrappel auf der Straße vor ihrem kleinen Laden ließ Miss Wilson von ihrer Näharbeit aufschauen.

Gerade noch sah sie eine kleine, flinke Gestalt vorbeirennen. Noch bevor sie groß darüber nachdenken konnte, erblickte sie sich selbst in dem großen Spiegel, den die Kundschaft bei der Kleideranprobe benutzte.

Mit vollem Namen hieß sie Alice Wilson. Allerdings hatte schon seit Jahren niemand mehr sie bei ihrem Vornamen gerufen. Sie war dreiunddreißig, so klein und unscheinbar wie eine Kirchenmaus ...

Aber das war sie ja gar nicht! Mit offenem Mund starrte Miss Wilson ihr Spiegelbild an. Sie war kein graues Mäuschen mehr. Sie war – ja, wirklich – beinahe hübsch!

Den Stoff in einer Hand, eine Nadel in der anderen, starrte Alice Wilson reglos die Frau im Spiegel an. Sie sah eine kleine Frau, mit lächelndem, rosigem Gesicht, in das eine goldene Strähne aus der Lockenpracht auf ihrem Kopf gefallen war – weiche und glänzende Locken.

Die Frau im Spiegel hatte weiche, warme rote Lippen und Augen von himmelblauer Klarheit und Tiefe. Alice Wilson starrte sie an und strahlte vor Freude. Das Spiegelbild erwiderte ihr Lächeln. Verwundert berührte Alice mit den Fingern ihr Gesicht. Was war geschehen? Was für einen Streich spielten ihr ihre Augen? Wie –

Das Poltern eiliger Schritte ließ sie zusammenfahren. Rot im Gesicht vor Aufregung, den dürren Hals nach vorn gereckt wie ein rennendes Huhn, kam Netty Peters hereingestürmt. In Miss Wilsons Schneiderei, die dem Gebrauchtwarenladen am nächsten lag, machte sie als Erstes Halt, um die Neuigkeit von Luke Hawks' Fluch zu verbreiten.

»Miss Wilson«, stammelte sie atemlos, »was glauben Sie –«

»Dass du zum Tratschen kommst, das glaubt sie«, schnitt eine schrille Stimme ihr das Wort ab.

Die Stimme schien aus ihrem eigenen Mund zu kommen. Netty Peters guckte verärgert.

»Miss Wilson«, schimpfte sie, »wenn Sie Bauchreden lustig finden, wo ich Ihnen doch gerade erzählen will – *so wie du es auch allen anderen erzählen wirst!*«, fuhr die andere Stimme dazwischen und Netty Peters fiel beinahe in Ohnmacht. Die Worte waren wirklich aus ihrem eigenen Mund gekommen!

Sie fasste sich an die Kehle, und weil sie vor lauter Furcht nicht denken konnte, redete ihre Zunge einfach weiter.

»Ich habe Luke Hawks gesehen – *so wie du immer alles siehst*« – das war die schrille andere Stimme, die ihre normale Stimme ablöste – »und zwar im Gebrauchtwarenladen, und er und seine Frau – *haben sich um ihre eigenen Angelegenheiten gekümmert, so wie du das auch tun solltest* – haben Sachen für ihre armen, ausgehungerten Kinder gekauft, die sie so schmählich behandeln – *natürlich musst du das auch noch erwähnen!* – und Mr Hawks wollte bezahlen – *und du hast sie beobachtet, weil du sehen wolltest, wie viel sie ausgeben.* – Das Geld ging ihm nicht aus den Fingern. – *Hast du dir je überlegt, wie viele Menschen sich wohl darüber freuen würden, wenn deine Stimme dir nicht über die Lippen käme?*«

Der Kleinstadttratsch erstarb. Ihre Worte waren ein einziges Wirrwarr, ergaben keinerlei Sinn, wie zwei Stimmen, die sich gegenseitig übertönen. In ihrer Kehle spürte sie ein seltsames Zucken. Als redete sie mit zwei Zungen gleichzeitig …

Miss Wilson starrte sie befremdet an und Netty Peters nahm zum ersten Mal diesen Glanz in Miss Wilsons Haar wahr, den ungekannten Liebreiz in ihren Zügen.

Zusammenhanglose Wörter gluckten der älteren Frau in der Kehle. Ihre Augen wurden glasig vor Entsetzen. Mit einem seltsamen schluchzenden Klagelaut drehte sie sich um und ergriff die Flucht.

Alice Wilson schaute ihr noch verwundert nach, als ein anderer Schatten kurzzeitig den Eingang verdunkelte. Es war Mr Wiggins, dem die unrentable Buchhandlung gegenüber gehörte.

Mr Wiggins war ein schüchterner, blassgesichtiger Mann mit zusammengekniffenen Augen hinter dicken Brillengläsern, dessen achtunddreißig Jahre sich in seinen hängenden Schultern offenbarten. Er lächelte oft, doch war es das schmale, hoffnungsvolle Lächeln eines Mannes, der nicht wagte, nicht zu lächeln, aus Angst, sonst gänzlich den Mut zu verlieren.

Heute aber, an diesem Tag der merkwürdigen Begebenheiten, stand Mr Wiggins aufrecht da. Sein Haar war wirr, seine Brille saß schief und sein Blick loderte vor Aufregung.

»Miss Wilson!«, rief er. »Etwas ganz und gar Unglaubliches ist passiert! Ich muss es jemandem erzählen. Sie haben hoffentlich nichts dagegen, dass ich so hereinplatze.«

Alice Wilson starrte ihn an und vergaß augenblicklich, was ihr gerade Merkwürdiges widerfahren war.

»Nicht doch!«, antwortete sie. »Natürlich nicht. Ich … ich freue mich!«

Draußen ertönten erneutes Hufgetrappel, schrille Schreie und laute Männerstimmen.

»In der Stadt scheint eine Herde wilder Ponys frei herumzulaufen«, erzählte Mr Wiggins. »Eines hat mich fast auf dem Gehweg umgerannt. Miss Wilson, Sie werden es nicht glauben. Das müssen Sie mit eigenen Augen sehen. Sonst halten Sie mich noch für verrückt.«

»Das würde mir nicht im Traum einfallen!«, beteuerte Miss Wilson.

Ohne recht Notiz von ihr zu nehmen, packte Mr Wiggins sie bei der Hand und zog sie beinahe zur Tür. Bei seiner Berührung stieg Miss Wilson eine freudige Röte ins Gesicht.

Außer Atem rannte sie mit ihm über die Straße und ins Dunkel seiner winzigen, menschenleeren Buchhandlung hinein.

Auf dem Weg erhaschte sie einen flüchtigen Blick auf die drei oder vier struppigen Ponys, die schnaubend auf der Straße umherliefen, und Henry Jones und Jake Harrison, die sie mithilfe einer Schar lachender Männer und Jungen einzufangen versuchten.

Vor Aufregung zitternd, drückte Mr Wiggins sie in einen alten Polstersessel.

»Miss Wilson«, sagte er nervös, »genau hier habe ich gesessen, vor kaum einer Viertelstunde, da kam Jacob Earl herein. Sie kennen ja seinen Gang – gewichtig und aufgeblasen. Ich wusste sofort, was er will. Die tausend Dollar, die ich mir von ihm geliehen hatte, um meinen Buchbestand zu kaufen. Und die hatte ich nicht. Nicht einmal ansatzweise.

Wissen Sie noch, meine Tante hat mir bei ihrem Tod letztes Jahr doch das Grundstück unten am Fluss vermacht, das ich Jacob Earl für fünfhundert Dollar verkauft habe? Er tat so, als sei der Kauf ein Gefallen, damit ich einen Grundstein für mein Geschäft habe.

Doch dann wurde auf dem Stück Land hochwertiger Kies entdeckt und nun ist es mindestens fünfzehntausend Dollar wert. Ich erfuhr, dass Earl die ganze Zeit von dem Kies gewusst hatte. Aber trotz alledem wollte er die tausend, die er mir geliehen hatte.«

»Oh ja!«, rief Miss Wilson aus. »Das klingt ganz nach ihm. Und was taten Sie dann, Mr Wiggins?«

Mr Wiggins fuhr sich durch sein zerzaustes Haar.

»Ich sagte ihm, ich hätte es nicht. Und er zog seinen Handschuh aus – den rechten – und sagte, wenn ich es bis morgen nicht hätte, dann müsse er all meine Bücher und mein Inventar beschlagnahmen. Und dann legte er seine Hand auf meine antike chinesische Messingstatue, die Glück bringen soll. Und raten Sie mal, was dann passierte!«

»Kann ich nicht!«, flüsterte Miss Wilson. »Nie im Leben!«

»Sehen Sie!« Mr Wiggins' Stimme bebte. Er raffte ein großes Staubtuch hoch, das etwas auf der Ladentheke vor Miss Wilsons Blicken verbarg. Unter dem Tuch saß im Schneidersitz ein untersetzter chinesischer Gott, etwa dreißig Zentimeter groß, mit einer Schüssel auf dem Schoß. Auf seinem Messingantlitz lag ein listiges Lächeln und sein Mund stand vor Erheiterung offen.

Unter Miss Wilsons Blicken schob sich eine kleine Goldmünze aus dem Mund des kleinen Gottes und landete mit melodischem Klimpern in seinem Schoß!

Alice Wilson schnappte nach Luft. »John!«, rief sie ihn zum ersten Mal in ihrem Leben bei seinem Vornamen. »Ist das … ist das Geld?«

»Chinesisches Geld«, erklärte ihr Mr Wiggins. »Und die Schüssel ist voll davon. Alle Sekunde kommt eine Goldmünze aus seinem Mund. Die erste, gleich nachdem ihm Mr Earl die Hand auf den Kopf gelegt hatte. Sehen Sie doch!«

Er griff in die Schüssel und hielt Miss Wilson Goldmünzen hin, ließ sie in ihren Schoß regnen.

Ungläubig nahm sie eine in die Hand.

Die Münze war etwa so groß wie ein amerikanisches Fünfcentstück. In die Mitte war ein quadratisches Loch gestanzt. Um den Rand herum verliefen seltsame Schriftzeichen. Und das Geldstück glänzte wie frisch geprägt.

»Ist das echtes Gold?«, fragte Miss Wilson bebend.

»Zwanzig Karat mindestens!«, beteuerte John Wiggins. »Selbst wenn es chinesisches Geld ist, die Münzen müssen pro Stück fünf Dollar fürs Metall wert sein. Und sehen Sie nur – die Schüssel ist schon wieder halb voll.«

Atemlos starrten sie den kleinen grinsenden Gott an. Mit der Regelmäßigkeit eines Uhrwerks kam alle Sekunde eine weitere Goldmünze aus seinem Mund.

»Es ist, als … als ob er sie herstellt!«, flüsterte John Wiggins.

»Wie wundervoll!«, sagte Alice Wilson hingerissen. »John,

ich freue mich so sehr! Für Sie. Nun können Sie Earl alles zurückzahlen.«

»Mit seinen eigenen Münzen!«, gluckste der Mann. »Denn er hat es ja in Gang gesetzt, daher kann man sie wohl als seine Münzen bezeichnen. Vielleicht kam er an eine verborgene Feder oder so etwas, wodurch die Münzen aus ihrem Versteck quellen. Ich weiß auch nicht.

Aber das Komische ist: Er konnte sie nicht aufheben! Er tat so, als hätte er die ersten paar fallen lassen, aber sie rollten aus der Schüssel und über den Fußboden, sobald er danach griff. Und da bekam er es mit der Angst zu tun. Er nahm seinen Hut und seine Handschuhe und rannte hinaus.«

Dann verstummte John Wiggins. Er blickte Alice Wilson an und zum ersten Mal nahm er ihre Wandlung wahr.

»Also«, sagte er, »wissen Sie eigentlich, dass Ihr Haar dieselbe Farbe hat wie die Münzen?«

»Ach, aber nicht doch!«, widersprach Miss Wilson, errötend angesichts des ersten Kompliments von einem Mann seit zehn Jahren.

»Hat es wirklich«, beharrte er. »Und Sie … Sie sind so hübsch, Alice. Mir ist noch nie aufgefallen, wie hübsch. Sie sind … sind wirklich bildschön!«

Ohne den Blick von ihr abzuwenden, fasste er ihre Hände. Er zog sie aus dem Sessel und Alice Wilson, noch immer hochrot, stand auf und blickte ihn an.

»Alice«, sagte John Wiggins, »ich kenne Sie schon sehr lang und ich bin blind gewesen. Vermutlich hat die Sorge mich blind gemacht. Sonst hätte ich längst gesehen, wie schön Sie sind, und gewusst, was mir eben klar geworden ist. Ich weiß, ich bin nicht unbedingt ein Vorzeigemann, aber … Alice, würden Sie mich heiraten?«

Alice Wilson seufzte leise und legte ihr Gesicht an seine Schulter, damit er die Tränen in ihren Augen nicht sah. Bisher war ihr das Glück zumeist versagt geblieben, doch dieser Augenblick machte all die verstrichenen Jahre mehr als wett.

John Wiggins legte seine Arme um sie und der kleine Gott hinter ihnen grinste und spuckte eifrig weiter Münzen …

Zu Hause stürmte Jacob Earl in seine Bibliothek und schloss mit leise zitternden Fingern hinter sich ab.

Nachdem er Hut, Stock und Handschuhe auf einen Stuhl geworfen hatte, tastete er in seinem Schreibtisch nach einer Zigarre und zündete sie an, getrieben vom unbedingten Willen, seinen inneren Aufruhr zu bezwingen.

Ein jeder wäre wohl aufgewühlt gewesen, hätte sich unter seiner Hand ein kalter Messingbriefbeschwerer fast schon wie lebendig geregt, hätte er die Erschütterung in den Fingern gespürt wie einen elektrischen Schlag und dann gesehen, wie das Ding auf einmal Goldmünzen ausspuckte. Echtes Geld!

Geld – und beinahe ängstlich sah Jacob Earl auf seine weichen, fülligen weißen Hände –, das *lebte*. Denn bei seinem Versuch, es aufzuheben, war es ihm ausgewichen. Weggehüpft war es.

Wütend warf er seine kaum gerauchte Zigarre fort. Halluzinationen! Er hatte wohl einen Schwindelanfall oder dergleichen gehabt. Vielleicht war das bloß ein Trick von Wiggins gewesen. Das war's, ein Trick!

Eine Unverschämtheit, ihn so zu erschrecken! Wenn er mit dem kleinen Karnickel fertig war, dann –

Jacob Earl vollendete den Satz nicht. Beim bloßen Gedanken daran, jemandem zu drohen, ging es ihm jedoch schon besser. Über seine Rache wollte er später entscheiden.

Jetzt musste er sich an die Arbeit machen. Er plante eine Inventur seines Geldschranks. Nichts beruhigte die Nerven so sehr wie der Umgang mit handfesten Besitztümern wie Wertpapieren und Gold.

Er drehte am Zahlenschloss seines Tresors, öffnete die schwere Außentür, sperrte die Innentür auf und holte als Erstes eine schwere stählerne Geldkassette mit massivem Vorhängeschloss heraus.

Schwer, weil sie das Einzige enthielt, von dem man nie genug haben konnte – Gold. Reine Goldbarren, fünfhundert Dollar das Stück. Fünfzehntausend Dollar insgesamt.

Er besaß sie, schon lang bevor die Regierung Gold eingezogen hatte. Und er würde sie behalten, Regierung hin oder her. Sollte er sie je verkaufen müssen, würde er behaupten, sie vergessen und durch Zufall wiedergefunden zu haben.

Jacob Earl riss den Deckel seines Goldverstecks auf. Und sein ungesund rotes Gesicht wurde schlagartig aschfahl. Obenauf fehlten zwei Goldbarren!

Es kam doch aber niemand an seinen Tresor. Niemand außer ihm. Es konnte nicht sein, dass ein Dieb …

Da wurde sein fahles Gesicht kreidebleich. Atemlos starrte er hin. In der Zwischenzeit war ein dritter Barren verschwunden. Einfach weg. In Luft aufgelöst. Wie von einer unsichtbaren Hand einfach weggeschnappt.

Das war doch aber nicht möglich! So etwas konnte nicht sein.

Und da verschwand der vierte Barren. Wie gelähmt vor Wut und Entsetzen legte er die Hände auf die verbliebenen Barren und drückte mit ganzer Kraft darauf.

Gleich darauf entwischte jedoch der fünfte seiner kostbaren Metallbrocken aus seinen Fingern und ins Nichts. Gerade war er doch noch da gewesen!

Mit einem heiseren Schrei ließ Jacob Earl die Geldkassette fallen.

Er wankte zum Telefon und ließ sich weiterverbinden.

»Doktor!«, keuchte er. »Doktor Norcross? Hier ist Jacob Earl. Ich … ich …«

Da besann er sich. Kam nicht infrage. Das war Wahnsinn. Wenn er das jemandem erzählte …

»Schon gut, Doktor!«, platzte er heraus. »Entschuldigen Sie die Störung. Alles in Ordnung.«

Er legte auf. Und saß den Rest des Tages da, Schweißperlen auf der Stirn, und sah zu, wie die glänzenden gelben Quader, die auf den Boden gefallen waren, einer nach dem anderen verschwanden.

Anderswo in der Stadt stahl sich eine weitere Hand zum Telefon – und zog sich wieder zurück. Die Hand gehörte Minerva

Benson. Am späten Vormittag hatte sie ihre Missbildung nur kurz nach deren Erscheinen entdeckt. Im Spiegel hatte sie das steife, leblose Gesicht an ihrem Kopf gesehen. Dünn, boshaft, grotesk – die Züge einer Hyäne.

Zitternd berührte sie erneut ihr Gesicht, in der waghalsigen Hoffnung, seine Hässlichkeit könnte vielleicht verflogen sein. Dann kauerte sie sich noch mehr auf dem Sofa in dem abgedunkelten Zimmer zusammen, dessen Tür verschlossen und dessen Jalousien heruntergelassen waren.

Sie konnte niemanden anrufen. Denn niemand durfte sie so sehen. Niemand. Nicht einmal ein Arzt …

Und in ihrem kleinen Haus kauerte auch Netty Peters und fürchtete sich vorm Telefonieren. Fürchtete, diese seltsame, schauderhafte andere Stimme könnte aufs Neue in ihrer Kehle keckern und rasseln, sobald sie den Mund aufmachte, um Dr. Norcross zu rufen.

Da kauerte sie nun und befühlte mit Krallenfingern fieberhaft ihren Hals. Und war sich sicher, dass sich darin etwas bewegte – etwas Lebendiges.

V

Mrs Norton schritt durch die von Bäumen beschatteten Straßen der Innenstadt von Locustville mit dem befangenen Stolz einer Fregatte, die mit geblähten Segeln in einen Hafen einläuft.

Üppig war sie – gut gebaut, wie sie es nannte – und kostspielig gekleidet. Gewiss war sie die bestgekleidete Frau der Stadt, wie es sich für das Oberhaupt des gesellschaftlichen Lebens und die einflussreichste Frau der Stadt gehörte.

Und heute wollte sie ihren Einfluss geltend machen und dafür sorgen, dass Janice Avery als Lehrerin an der Highschool entlassen wurde.

Sie hatte die junge Frau eindeutig in ihrem Zimmer rauchen sehen, als sie am Abend zuvor zufällig vorbeigefahren war. Eine Frau, die ihren Schulkindern ein Vorbild sein sollte …

Voll Empörung schritt Mrs Norton voran.

Als Erstes hatte sie Minerva Benson zu Hause angerufen. Minerva war Mitglied des Schulausschusses. Doch Minerva war angeblich krank und hatte sich geweigert, sie zu empfangen.

Anschließend hatte sie es bei Jacob Earl versucht, dem zweiten Ausschussmitglied. Und auch der war krank gewesen.

Eigenartig.

Nun war sie auf direktem Weg ins Büro von Dr. Norcross. Der war Vorsitzender des Schulausschusses. Freilich nicht die Art Mann, die sie auf dieser Position für gut befand …

Mrs Norton hielt inne. Seit einigen Minuten verspürte sie eine merkwürdige Schwellung, ein Gefühl von Leichtigkeit. War auch sie krank? War ihr schwindelig oder schwummrig zumute?

Aber nein, ihr ging es ganz normal. Bloß ein Moment der Aufregung, vielleicht vom zu schnellen Gehen.

Sie setzte ihren Weg fort. Ein sanfter Wind wehte durch die

Straße und er … brachte sie ins Schwanken. Eigentlich warf er sie fast um!

Sie hielt sich an einem zweckdienlichen Laternenpfahl fest. Das setzte dem Schwanken ein Ende. Allerdings …

Wie gelähmt starrte sie auf ihre Finger. Sie waren geschwollen und aufgedunsen. Ihre Ringe schnitten schmerzhaft ein. Hatte sie vielleicht irgendeine schreckliche –

Da verspürte sie eine unangenehme Anspannung im ganzen Körper. Ein Gefühl, in ihrer Kleidung unerträglich beengt zu sein.

Anfänglich verwundert, dann entsetzt, begann sie mit der freien Hand an sich zu reißen. Ihre Kleider saßen eng wie eine Wurstpelle. Sie waren eingegangen! Sie schnürten ihr das Blut ab!

Aber nein, waren sie nicht. Das stimmte nicht. Sie wuchs! Plusterte sich auf! Dehnte sich in ihren Kleidern aus wie ein langsam immer größer werdender Ballon.

Sie hatte eine schreckliche Krankheit. Das hatte man davon, wenn man in einem so gräulichen, schmutzigen Ort wie Locustville wohnte, inmitten rückwärtsgewandter, ungebildeter Leute voller Keime und –

In dem Moment gaben die Schnüre von Mrs Nortons Korsett nach. Sie schwoll an, blähte sich, bauschte sich auf. Ihre Arme waren seltsam und fühlten sich plump an. Die Nähte ihres Kleides gaben nach.

Der ausgelassene Wind trieb sie an und sie schwankte hin und her. Ihre Finger glitten vom Laternenpfahl ab.

Und langsam, schwerfällig erhob sie sich in die Luft wie ein Ballon, der sich losgerissen hatte.

Mrs Norton schrie wie am Spieß. Doch aus ihrer Kehle drang lediglich ein dünnes Heulen, das keine zwanzig Meter trug. Unglaublich war das. Unmöglich!

Und doch war es so.

Mittlerweile schwebte sie gut drei Meter hoch über dem Gehweg. Nun sechs. Und langsam kreiselnd hielt sie sich auf dieser Höhe, flatterte mit den Armen wie ein verschrecktes Huhn, ihr Mund ging auf und zu wie bei einem fressenden Goldfisch, aber kein Ton kam heraus.

Wenn jemand sie so sähe! Ach, wenn jemand sie so sähe!

Doch niemand sah sie. Die Straße war menschenleer. Die wenigen Häuser hier standen nicht direkt an der Straße.

Und die Aufregung in der Innenstadt, die Herde komischer Ponys, die den ganzen Tag Radau gemacht hatten, während Henry Jones und seine freiwilligen Helfer sie einzupferchen versuchten, hatte alle Untätigen angezogen.

Sanft vom Wind angeschoben, trieb Mrs Norton langsam nordwärts auf die Stadtgrenze zu.

Äste streiften sie und zerrissen ihr die Strümpfe, als sie vergeblich danach griff. Von dem merkwürdigen Spektakel angezogen, umkreiste eine Krähe sie mehrmals, stieß ein heiseres Krächzen aus, vielleicht aus Belustigung, und flog davon.

Ein streunender Hund, der in der Sonne seine Flöhe kratzte, sah sie über sich vorbeiziehen und rannte ihr ein Weilchen mit wütendem Gebell hinterher.

Mrs Norton wurde vor Scham und Schmach hochrot. Ach, wenn jemand sie nun sähe!

Wenn jedoch niemand sie sah, konnte ihr niemand helfen. Sollte sie beten, dass jemand käme, oder nicht? Sie war unverletzt. Vielleicht passierte ja nichts Schlimmeres.

Aber so seelenruhig durch die Luft zu segeln, sechs Meter hoch, aufgebläht wie ein Ballon!

Der Wind hatte sie in eine Gegend befördert, die zur Bebauung markiert war, aber noch leer stand. Obstbäume wuchsen auf dem Stück Land. Der ausgelassene Wind wechselte die Richtung und änderte ihren Kurs. Binnen Sekunden trieb sie knapp an den Wipfeln knorriger alter Apfelbäume vorbei, einigermaßen abseits der Straße.

Ihre Kleider waren zerrissen, ihre Beine und Arme zerkratzt, ihr Haar hing wirr ihren Rücken hinab. Und ihre Empörung und Angst vor Entdeckung wichen dem Gefühl schrecklicher Hilflosigkeit. Sie, die wichtigste Frau von Locustville, flog zwischen alten Obstbäumen herum, ließ sich von Krähen ankrächzen und von Hunden anbellen und –

Mrs Norton schnappte nach Luft. Gerade war sie noch einen Meter höher gestiegen.

Da begann sie zu weinen.

Die Tränen strömten über ihr Gesicht. Auf einmal war ihr demütig und hilflos zumute und sie dachte mit keiner Silbe mehr an ihre Würde oder ihre Stellung. Sie wollte einfach nur hinunter.

Sie wollte einfach nur nach Hause und dass Edward ihr die

Schulter tätschelte und sagte: »Ist ja schon gut«, so wie er das immer getan hatte – vor langer Zeit –, während sie sich an seiner Schulter ausgeweint hatte.

Schlimm war sie und sie bekam die Strafe dafür. Aufgeblasen vor lauter Stolz war sie gewesen und das hatte sie nun davon. Sollte sie je wieder heil hinunterkommen, wäre sie künftig klüger.

Wie beeinflusst von ihren reumütigen Gedanken, sank sie langsam hernieder. Bevor sie sich versah, saß sie in einem Kirschbaum und verschreckte eine Schar aufgebrachter Vögel.

Und in den Ästen verfing sie sich.

Sie hatte viel Zeit zum Nachdenken, bevor sie Janice Avery auf deren Heimweg von der Schule entdeckte und nach ihr rief.

Unterstützt von Bill Morrow, der ersten Person, die ihr bei der Suche nach Hilfe über den Weg lief, holte Janice Avery sie herunter.

Als sie angerannt kam, stieg Bill gerade ins Auto und wollte zum Footballfeld fahren, wo er die Schulmannschaft fürs Frühjahr trainierte, und zunächst schien er ihre Worte nicht zu begreifen.

So war es auch. Er hörte lediglich ihre Stimme – eine Stimme, die ruhig war, lieblich und angenehm, wie Musik und im Hintergrund ferne Silberglöckchen.

Als er begriff, worum es ging, sprang er auf.

»Du liebe Zeit!«, rief er aus. »Mrs Norton ist beim Kirschenpflücken im Baum stecken geblieben? Das ist ja kaum zu glauben.«

Dennoch holte er eine Leiter aus der Schule. Er schluckte beim Anblick der korpulenten, tränenüberströmten Frau, die sich im Geäst des Kirschbaumes verfangen hatte.

»Ich habe Kirschen gepflückt und bin hängen geblieben!«

So unwahrscheinlich sich das auch anhörte, war es doch besser als die Wahrheit.

Bill Morrow fuhr mit dem Auto so nah wie möglich heran und Janice trieb sie eilig hin, zerschlissen, verkratzt, beschmutzt, mit roten Augen. Ohne dass jemand sie sah, bugsierten sie sie hinein und fuhren sie nach Hause.

Unter Schluchzen bedankte sich Mrs Norton und flüchtete ins Haus, um sich an der Schulter ihres überraschten Ehemannes auszuweinen.

Bill Morrow wischte sich über die Stirn und blickte Janice Avery an. Sie war nicht hübsch, aber ihr Lächeln hatte etwas Entzückendes. Und ihre Stimme ebenfalls. Eine solche Stimme konnte man sein ganzes Leben lang hören, ohne ihrer überdrüssig zu werden.

»Donnerwetter!«, rief er beim Einsteigen in seinen Wagen aus. »Und genau so wird Betty Norton eines Tages aussehen. Puh. Was bin ich doch für ein Narr. Früher dachte ich doch tatsächlich … Ach, unwichtig. Wo darf ich Sie hinbringen?«

Er grinste sie an und Janice Avery erwiderte sein Lächeln und es kam Leben in die zarten Lachfältchen um ihren Mund und ihre Augen.

»Aber«, wandte sie ein, während der breitschultrige junge Mann den Motor anließ, »Sie müssen doch zum Training …«

»Das Training fällt aus!«, verkündete Bill Morrow bestimmt und ließ die Kupplung kommen. »Wir fahren irgendwohin und reden!«

Sichtlich zufrieden lehnte sie sich zurück.

VI

Rot ging die Sonne unter, als Dr. Norcross sein Büro abschloss und beschwingt den Heimweg antrat.

Ein merkwürdiger Tag war es gewesen. Sehr merkwürdig. Wilde Ponys waren seit dem Morgen durch die Stadt gerannt, wie toll gejagt von dem sonst eher verschlafenen Henry Jones. Von seinem Fenster aus hatte er in der Buchhandlung gegenüber ganz eindeutig John Wiggins und Alice Wilson einander umarmen sehen.

Dann dieser abgebrochene Anruf von einem offenbar aufgebrachten Jacob Earl. Und ohne jeden Zweifel hatte er Mrs Hawks in einem brandneuen Auto vorbeifahren sehen, am Steuer ein junger Mann, der ihr offenbar das Fahren beibrachte. Hm!

Heute Abend hatte er seiner Frau einiges zu erzählen.

Seine Überlegungen wurden jäh unterbrochen, als er an Henry Jones' Hof vorbeikam, der auf seiner Abkürzung lag.

Eine Menschenmenge stand um die Tür im Zaun, und Dr. Norcross sah noch mehr Leute im Haus aus den Fenstern spähen. Henry und Jake Harrison standen mit müden Gesichtern draußen und lugten durch die spaltbreit offene Tür in den Hof.

Und über den Zaun hinweg konnte er viele Ponys sehen, die ihre Köpfe hin und her warfen, während ihr Wiehern durch die Abendluft hallte.

»So, Henry«, das war Martha, die um die Hausecke kam und sich durch die Menge um ihren Gatten drängelte, »nun hast du die Pferde zusammengetrieben. Aber wie wirst du für den Schaden bezahlen, den sie heute angerichtet haben? Wirst wohl oder übel arbeiten gehen müssen. Selbst wenn sie sonst zu nichts gut sind, das haben sie immerhin erreicht!«

In Henrys Gesicht lag eine bisher ungekannte Begeisterung.

»Ja, Martha, ja«, stimmte er zu. »Das weiß ich doch. Aber Jake und ich, wir haben etwas vor mit den behuften Häschen hier. Weißt du, was wir machen?«

Er drehte sich um, damit alle Anwesenden seine Ankündigung hören konnten.

»Jake und ich, wir werden auf Jakes Land Poloponys züchten!«, verkündete er. »Jawohl, wir kreuzen diese Blitze hier mit echten Poloponys. Daraus wird eine neue Rasse, so schnell wie ein Windhund, ausdauernd wie ein Maultier und klug wie ein Mensch. Wer die Viecher heute durch die Stadt hat flitzen sehen, weiß, ein Pony mit deren Blut, das wird was geben! Jawoll! Ich wünschte – nein, tu ich nicht! Ich wünschte gar nichts! Nicht eine einzige Sache! Nie wieder werd ich mir was wünschen!«

Norcross grinste. Vielleicht war Henry da ja wirklich etwas auf der Spur.

Als er schließlich bemerkte, dass die Sonne verschwunden war, ging er nach Hause.

Oben in seinem Zimmer erwachte Danny Norcross schlaftrunken aus einem Traum. Im Halbschlaf tastete er nach dem Stückchen Elfenbein und fand es schließlich neben sich, wo es die ganze Zeit gelegen hatte, seit er am Abend zuvor eingeschlafen war.

Er zog die Stirn kraus. Auf der Treppe war er gewesen, hatte den Erwachsenen zugehört. Seltsames Zeug hatten sie geredet. Über Pferde und Geld und Bilder. Dann war er wieder ins Bett gegangen und hatte mit seinem Stück Elfenbein gespielt. Dann war ihm ein komischer Gedanke gekommen und eine Art Wunsch …

Beim Einschlafen hatte er sich gewünscht, alles, was seine Eltern und die anderen gesagt hatten, möge wahr werden, weil das einfach so komisch wäre.

Also hatte er sich gewünscht, Henry Jones' Wünsche wären Pferde und an Luke Hawks' Fingern bliebe das Geld haften und Jacob Earl würde etwas anfassen, das zur Abwechslung mal jemand anderem Geld einbrachte.

Und Netty Peters' Zunge wäre wirklich in der Mitte gespalten und hätte ein Scharnier und Mrs Benson zwei Gesichter und Mrs Norton würde sich aufblähen und fliegen wie ein Ballon.

Und dass Miss Wilson wirklich bildschön sein möge und man Silberglöckchen hörte, wenn Miss Avery den Mund aufmachte.

Das hatte er sich gewünscht.

Doch nun, da er hellwach war und aus dem Fenster in einen

tiefroten Himmel schaute, weil die Sonne untergegangen war, konnte er sich beim besten Willen nicht mehr daran erinnern …

In ihrem abgedunkelten Zimmer befühlte die zusammengekauerte Minerva Benson zum hundertsten Mal ihr Gesicht. Anfangs mit bebendem Grauen, dann hoffnungsvoll, dann ungläubig erleichtert. Das grässliche Gesicht war fort.

Doch sie würde sich daran erinnern und auf alle Zeiten in ihren Träumen davon verfolgt werden.

Netty Peters starrte sich angsterfüllt im Spiegel an. Langsam nahm sie die Hände vom Hals. Das seltsame Zucken war verschwunden. Sie konnte wieder sprechen, ohne dass diese schreckliche Stimme sie unterbrach.

Doch künftig sollte sie mitten im Satz stocken, aus Angst, sie könnte wieder erklingen.

»Ich habe entschieden, Luke«, sagte Mrs Hawks entschlossen, »dass wir das Haus streichen lassen und einen neuen Heizkessel einbauen. Anschließend werde ich mit den Kindern in Urlaub fahren. Nein, sag nichts! Denk daran, das Geld ist jetzt unter meinem Namen und ich kann alles nach Lust und Laune ausgeben. Ich kann damit nach Kalifornien oder anderswohin fahren. Und ganz gleich, was du sagst oder tust, zurück gebe ich es nicht!«

Jacob Earl stöhnte. Der letzte Goldbarren war soeben vom Boden seiner Bibliothek verschwunden.

John Wiggins wandte sich um. Das leise *Pling-pling*, das er den ganzen Nachmittag über gehört hatte, war verklungen. Der kleine Gott grinste noch immer, doch es kamen keine Münzen mehr aus seinem Mund.

»Er hat aufgehört«, sagte der kleine Mann zur erröteten und strahlenden Alice Wilson. »Aber das macht uns nichts. Sieh nur, wie viel Geld er produziert hat. Das sind bestimmt fünfzehntausend Dollar! Alice, wir machen eine Weltreise. Und wir nehmen ihn mit nach China, wo er herkommt. Er verdient eine Belohnung.«

In der Abendröte, die den kleinen See verfärbte, an dem er den Wagen geparkt hatte, wandte Bill Morrow sich um. Sein Arm lag bereits um Janice Averys Schultern.

Daher bereitete es ihm keinerlei Mühe, sie an sich zu ziehen und sie bestimmt und gekonnt zu küssen.

Die Tür zu Dannys Zimmer ging auf. Er hörte seine Eltern hereinkommen und stellte sich schlafend.

»Er hat den ganzen Tag geschlafen«, sagte Mutter gerade. »Beim Frühstück hat er kaum die Augen aufgekriegt. Muss wohl gestern Nacht lang wach gelegen haben. Aber sein Fieber war gesunken und er wirkte auch nicht unruhig, deshalb habe ich dich nicht angerufen.«

»Schauen wir einmal, wie es ihm jetzt geht«, antwortete Vaters Stimme, und Danny, der seine Augen geschlossen hatte, um sich besser zu erinnern, machte sie wieder auf.

Vater beugte sich über sein Bett.

»Wie fühlst du dich, mein Junge?«, fragte er.

»Prima«, sagte Danny zu ihm und richtete sich mühsam auf. »Sieh mal, was ich gestern in meiner Kiste gefunden habe. Was ist das, Vater?«

Dr Norcross nahm das Elfenbein, das Danny ihm hinhielt, und betrachtete es.

»Teufel noch eins!«, rief er seiner Frau zu. »Danny hat den alten Talisman gefunden, den Großvater Jonas von seiner letzten Überfahrt mit der *Yankee Star* mitgebracht hat! Den hat er mir vor dreißig Jahren geschenkt. Angeblich hat er einem chinesischen Zauberer gehört. Seine eigentümliche Kraft besteht wohl darin, dass man, wenn man ihn festhält, einen Wunsch erfüllt bekommt, vorausgesetzt – wie die Inschrift an der Unterseite besagt – die Gedanken sind rein, der Geist unschuldig und die Absicht selbstlos.

Dutzende Male habe ich mir Dinge gewünscht, aber nichts ist je passiert. Vermutlich war ich zu materialistisch und habe mir Fahrräder und so etwas gewünscht.

Hier, Danny, kannst du behalten. Aber pass gut darauf auf. Er ist sehr alt; nicht einmal der Mann, der ihn Großvater Jonas geschenkt hat, wusste, wie alt.«

Danny nahm den Talisman zurück.

»Ich habe mir etwas gewünscht, Vater«, bekannte er.

»Und?« Vater grinste. »Ist es in Erfüllung gegangen?«

»Ich weiß nicht«, gab Danny zu. »Ich weiß nicht mehr, was es war.«

Vater schmunzelte.

»Dann ist es wohl nicht in Erfüllung gegangen«, bemerkte er. »Sei's drum, du kannst dir noch etwas wünschen. Und wenn das auch nicht klappt, mach dir keine Sorgen. Du kannst den Talisman behalten und den Leuten die Geschichte erzählen. Sie ist gut, auch wenn sie nicht stimmt.«

Wahrscheinlich stimmte sie nicht. Zumindest geschah bei Dannys nächstem Wunsch nichts. Auch nicht bei den folgenden Malen. Und so gab er irgendwann auf.

Er bedauerte es jedoch immer ein wenig, dass er sich nie mehr an diesen ersten, im Halbschlaf geäußerten Wunsch erinnern konnte.

Doch es gelang ihm nicht. Nicht einmal später, als er die Leute sagen hörte, wie sehr die Ehe Alice Wilsons Erscheinung verändert habe und wie silbrig die Stimme von Bob Morrows Gattin klinge.

Ein komischer Vogel

Die letzten energischen Worte seiner Schwester Martha noch im Ohr, öffnete Professor Alexander Peabody die Augen und sah blinzelnd in die fremde Landschaft. Ihm war schwindlig und ihm brummte der Kopf von Marthas Unverblümtheit: »Alexander, du bist mir schon ein komischer Vogel!«, die durch das Brummen hindurch nachzuhallen schien.

Doch unangenehme Symptome waren zu erwarten gewesen. Sein Geist hatte gerade hunderte von Jahren überwunden und vorübergehend Unterschlupf in einem fremden Körper gefunden. Eine solche Verlagerung der Persönlichkeit ging nicht ohne ein gewisses Maß an Stress und Strapazen vonstatten.

Allmählich ließ das Brummen nach, der Schwindel verflog und Alexander Peabody begann mit einem begeisterten Funkeln in den Augen, seine Umgebung genauer zu begutachten.

Er schien am grasbewachsenen Ufer eines Tümpels zu sitzen, an dem ungewöhnlich hohes Schilf wuchs, da es ihm ein gutes Stück über den Kopf reichte. Dazwischen stand eine Reihe sonderbarer Bäume. Sie waren gewunden und knorrig und trugen glänzende grüne Blätter, doch ihre Größe erstaunte ihn. Wären sie nicht so groß gewesen, hätte er sie als Olivenbäume bezeichnet. Aber fünfundzwanzig Meter hohe Olivenbäume – nein, das musste irgendeine neuartige Sorte sein.

Professor Peabody erhob sich langsam, setzte sich aber schnell wieder hin. Seine Beine fühlten sich eigenartig an. Die Muskeln in seinem Körper wirkten fremd und unkoordiniert. Und die Bewegung hatte den Schwindel neu entfacht.

Zweifelsohne lag dies daran, dass seine Persönlichkeit sich noch nicht auf den neuen Körper eingestellt hatte. Daher beschloss Professor Peabody, noch ein Weilchen zu warten, bevor er sich ans Erkunden seiner Umgebung machte.

Schließlich bestand keine ungeheure Eile. Seit seiner Entdeckung des Zauberspruchs in einem sehr alten Buch hatte ihn die Reise hierher zwanzig Jahre Vorbereitung gekostet, und ohne Marthas Kommentar hätte er vielleicht nie den Mut gefasst, den Sprung zu wagen.

Doch Marthas Gelächter, als er ihr erzählte, er habe das Unterrichten von Physik an einem unbedeutenden College satt und habe beschlossen, wenigstens einmal im Leben Gefahr,

Aufregung und vielleicht ein Liebesabenteuer zu erleben – das war in höchstem Maße ärgerlich gewesen.

Mit diesen spöttischen Worten hatte Martha ihre Skepsis geäußert, als er ihr die große, heimliche Sehnsucht seines Daseins gestanden hatte: den Lauf der Geschichte in irgendeiner Weise zu beeinflussen, wenigstens ein kleines bisschen.

»Du bist mir schon ein komischer Vogel, Alexander!«, hatte sie ausgerufen. »Geschichte schreiben doch nicht Männer wie du!«

Und damit hatte sie die Tür seines Arbeitszimmers laut hinter sich zugeknallt, bevor er seine Pläne überhaupt darlegen konnte.

Es bestand kein Zweifel für Professor Peabody – der versuchsweise den Kopf drehte und feststellte, dass der Schwindel so gut wie weg war –, dass sie nicht ganz unrecht hatte. Er war klein und unscheinbar, hatte schütteres Haar, eine Hornbrille, einen langen, dünnen Hals und ein leicht fliehendes Kinn.

Keineswegs jedoch hatte er den Lauf der Geschichte im gegenwärtigen Zeitalter beeinflussen wollen. Sein Plan, hätte Martha ihn ausreden lassen, bestand darin, in eine frühere Zeit zurückzukehren, in der sein Wissen, seine Klugheit und seine allgemeinen Fähigkeiten von wesentlich größerer Bedeutung waren als im zwanzigsten Jahrhundert.

Er war dazu in der Lage. Wenigstens einmal. Und hätte Martha ihn angehört, hätte er ihr den Zauberspruch in seinem Kern vermitteln können, den er nun, nach zwanzig Jahren Arbeit, beherrschte: Durch den Zeitdruck der Jahrhunderte konnte er seinen Geist in einen vor langer Zeit lebenden beliebigen Körper hineinzwängen.

Martha hatte ihn jedoch nicht ausreden lassen.

»Immerhin«, hatte Alexander Peabody mit stiller Würde gesagt, »meine ich mich zu erinnern, dass ein anderer Alexander sehr wohl Geschichte geschrieben hat, Martha.«

Da war die Tür jedoch schon zu gewesen. Vielleicht spielte es auch keine Rolle. Wer weiß, was Martha ansonsten geantwortet hätte.

Nachweislich hatte er ja, unter ihrer Stichelei leidend, seine Pläne letztlich doch weiterverfolgt und – voilà!

Blinzelnd machte Professor Peabody die Augen weit auf. In den Wirren der ersten paar Minuten hatte er noch gar nicht überlegt, wo er sich wohl befand, in welchem Land. Und eigentlich auch, in welchem Zeitalter, welchem Jahr. Diese Erkenntnis brachte ihn zum Schmunzeln. Natürlich, zuallererst musste er das in Erfahrung bringen.

Und noch eine dritte, ebenso wichtige Sache. Die Identität des Körpers, in dem er jetzt –

Bei einem unwillkürlichen Blick an sich hinab stellte Alexander Peabody jäh das Denken ein. Und ihm wurde ein Dutzend Mal schwindliger als zuvor.

Er war … er war voller weißer Federn!

Schaudernd schloss Professor Peabody die Augen, machte sie nicht wieder auf, damit der Schwindel ihn nicht gänzlich aus der Bahn warf. Um Himmels willen, was … was …

Da schreckte ihn der Singsang einer Frauenstimme auf.

»Na, du Hübscher«, sagte sie. »Was machst du denn hier draußen ganz allein? Wie wär's mit einer Runde Schwimmen? Ich kenne eine Stelle, wo wir feine Schlammwürmer finden.«

Alexander Peabody kniff weiter die Augen zu. Er wollte nicht unhöflich sein, aber das unbekannte Wesen würde abwarten müssen, bis ihm weniger schwindelig war. Außerdem wollte er in seiner gegenwärtigen Verfassung ganz sicher nicht schwimmen gehen, und Schlammwürmer waren das Letzte, wonach ihn verlangte.

Irgendeine Windung in Alexander Peabodys schwindeligem Hirn fragte sich allerdings, welche Sprache diese Frau sprach. Er hatte sich auf sein großes Abenteuer vorbereitet, Altenglisch, Altfranzösisch, Latein und Sanskrit gelernt, und er wusste, dass es sich bei ihrer seltsam schroffen, zischelnden Sprache um nichts dergleichen handelte.

»Na gut, du Überflieger!«, sprach die Frau erneut. »Dann eben nicht. Sitz halt da und mausere dich, mir doch egal!«

Professor Peabody hörte ein Planschen und öffnete die Augen. Da war jedoch keine Frau. Da war niemand bis auf einen großen, weißen Schwan, der auf dem Teich davonschwamm und dessen Schwanz Missfallen zu bekunden schien.

Nein, kein Schwan, wenngleich groß genug. Eine … eine Gans. Und … und … nur sie konnte es gewesen sein, die zu ihm gesagt hatte: »Sitz halt da und mausere dich.«

»Du lieber Himmel!«, stöhnte Professor Peabody laut und seine Stimme klang schroff und fremd in seinen Ohren. »Dann bin ich ei… eine …«

Er konnte es nicht aussprechen. Musste er auch gar nicht. Die Gans hatte mit ihm gesprochen, weil auch *er* eine Gans war!

Alexander Peabodys Hirn wurde von einer ungestümen Verzweiflung erfasst. Er war losgezogen auf der Suche nach Abenteuer und romantischer Liebe, wollte den Lauf der Geschichte ändern, und geendet war er als Federvieh!

Selbstverständlich war seine Schwester Martha daran schuld. Mit ihrem Spott hatte sie einen übersinnlichen Kanal erschaffen, der ihn mit Vollendung des Zauberspruchs in diesen gefiederten Leib geschleust hatte.

In Tränen wäre er ausgebrochen, wenn eine Gans der Tränen mächtig wäre, hätte laut geschluchzt, wenn eine Gans weinen könnte.

Allmählich aber fing er sich dann doch wieder. Er war kein feiger Mensch … oder vielmehr Ganter. Trotz seiner Beeinträchtigung war vielleicht noch nicht alles verloren. Jedenfalls oblag es ihm, so viel wie möglich über die Zeit und das Land seines gegenwärtigen Aufenthalts zu erfahren.

Damit erhob er sich und lief zum Wasser. Bequem ließ er sich darauf nieder und entdeckte natürliche Instinkte, die ihm das Schwimmen erleichterten.

So vor sich hin treibend, beugte er seinen Hals und stellte fest, dass sein verkehrtes Spiegelbild ihm etwas über sein Aussehen verriet.

Er war, das ließ sich nicht bestreiten, eine Gans. Immerhin tröstete ihn die Tatsache, dass er eine große Gans war, gut aussehend, mit einem langen, biegsamen Hals, einem großen, wohlgeformten Kopf, wachen Augen mit dunklen, brillenartigen Ringen und einem kräftigen, muskulösen Körper.

Probehalber schlug er mit den Flügeln. Wenngleich er sich nicht aus dem Wasser erhob, so gewann er dadurch doch ordentlich an Tempo. Es reichte aus, um die Gans zu überholen, die ihn angesprochen hatte.

Alexander Peabody ertappte sich dabei, wie er hinter ihr her auf einen kleinen Bach zu schwamm. Er ertappte sich sogar bei einer gewissen Bewunderung. Sie war jung, schnittig, von blendendem Weiß und hatte einen koketten Schwung in den Schwanzfedern. Und sie hatte ihn hübsch genannt.

Es war eine neue, wohltuende Erfahrung für Alexander Peabody, hübsch genannt zu werden, selbst von einer Gans. Vielleicht wäre es kurzweilig, sich mit ihr zu unterhalten …

Professor Peabody hustete – oder versuchte zu husten. Offensichtlich steckte noch immer ein wesentlicher Überrest seiner Persönlichkeit in dem gefiederten Körper, den er nun bewohnte. Er schien teils wie ein Mensch, teils wie eine Gans zu denken. Er durfte sich nicht verwirren lassen. Es war absurd, von sich selbst als Alexander Peabody, B.Sc., M.Sc. und Ph.D. zu denken, der ein Geflügel verehrte. Dieses konnte ihn jedoch vielleicht mit dringend benötigter Information versorgen.

Kurz darauf holte er sie ein und verlangsamte sein Tempo.

»Äh«, hob er an. »Schön … ähm … schönes Wetter haben wir.«

Es war auffallend schwierig, mit einer Gans ins Gespräch zu

kommen, und sein erster Versuch ging ins Leere. Professor Peabody nahm erneut Anlauf.

»Also, ich hoffe, ich war eben nicht unhöflich«, sagte er.

Seine Begleitung warf den Kopf zurück und blickte ihn aus kleinen, klugen Augen von der Seite an. Nach wie vor sagte sie nichts.

»Mir war«, fuhr Peabody fort, »mir war etwas schwindlig und ich hatte so lang die Augen zu.«

»Ach, schon gut.« Offenbar erachtete sie seine Entschuldigung für demütig genug. »Das kenne ich. Sie können Edna zu mir sagen.«

»Ah … Edna«, wiederholte Professor Peabody. »Ein hübscher Name. Aber ich habe mich gefragt, Miss … äh, Edna, ob Sie mir wohl das Datum sagen können.«

»Datum?« Edna sah ihn verwirrt an.

»Ich meine, welches Jahr haben wir?«

»Jahr? Was ist ein Jahr?«

»Hm … ah, unwichtig«, antwortete Professor Peabody. Natürlich konnte man von einer Gans nicht erwarten, dass ihr die Zeit geläufig war. »Aber vielleicht können Sie mir sagen, wo wir sind?«

»Wo?« Edna sah ihn von der Seite an. »Na, hier.«

»Ja, schon.« Professor Peabody wurde ein wenig verzweifelt. »Aber wo ist ›hier‹? Ich meine, wie heißt dieser Ort?«

»Wie er heißt?«, sagte Edna. »Er hat keinen Namen. Er ist einfach hier. Es gibt nur zwei Orte: hier und dort. Und wir sind hier.«

»Danke.« Peabody entfuhr ein Seufzer – oder so etwas Ähnliches. »Zu meiner Sicherheit: Darf ich noch fragen, wohin der Bachlauf hier uns führt?«

»Wie reden Sie denn?«, rief Edna erfreut aus. »Ich habe noch nie jemanden so reden gehört. Also, er führt uns zum Fluss. Wo die Menschen sind.«

»Ah!« Peabodys Stimmung hellte sich auf. »Der Fluss. Und Menschen. Sie kennen nicht zufällig ihre Namen?«

Edna schüttelte den Kopf und ihr geschmeidiger Hals wogte sanft hin und her. »Haben Menschen Namen?«

»Ja«, sagte Alexander Peabody zu ihr, als eine Biegung des Baches den Blick auf eine Stadt preisgab.

Es war keine imposante Stadt, lediglich eine größere Ansammlung von Häusern aus Stein und Holz am Ufer des Flusses, in den der Bach mündete. Doch dahinter, auf einem Hügel, stand ein imposanterer Bau, eine Festung geradezu, mit soliden Steinmauern.

Innerhalb dieses Bollwerks erspähte Professor Peabody Hausdächer und Menschen auf den Mauern, die wie Wachposten die Umgebung im Auge behielten.

»Was ist das?«, fragte er begierig und Edna sah zur Stadt hin.

»Das ist bloß zu Hause«, sagte sie. »Ziemlich langweilig. Nie etwas los. Ich bin bloß zum Schwimmen hier draußen und weil ich Appetit auf ein paar Schlammwürmer hatte. Möchten Sie welche? Ich kenne eine sehr gute Stelle.«

»Nein danke«, erwiderte Alexander Peabody hastig. »Ich … äh, ich würde gern sehen, wo Sie wohnen.«

»Ja?« Edna schien erfreut. »Dann kommen Sie mit. Wie heißen Sie eigentlich, Süßer?«

»Nennen Sie mich Alex«, schlug Professor Peabody vor.

»Alex. Gefällt mir, der Name«, sagte Edna zu ihm. »Guter Name für einen großen, starken Kerl wie Sie. Gut, Alex. Wir schwimmen bis da vorn zu dem toten Baum, dann den Pfad hoch und da ist ein Loch in der Mauer …«

Vierzig Minuten später zwängte sich Professor Peabody durch einen Mauerspalt in die Festung hinein. Auf ihrem Weg hierher waren sie keinem Menschen begegnet. Nun sahen sie viele ganz in der Nähe. Zahlreiche Häuser gab es hier und das eine in der Mitte war mit seinen stolzen Säulen und breiten Marmorstufen wirklich beeindruckend.

Die Straßen waren schlammig und voller Abfälle, doch das schien niemanden zu kümmern. Menschen liefen auf ihrem Weg um die schlimmsten Pfützen herum und schenkten dem Müll keine Beachtung.

Ein kleines Stück weiter befand sich augenscheinlich eine Art Markt. Allerdings stand nichts zum Verkauf, abgesehen von ein paar kleineren Tierkadavern. Frauen in weiten, weißen Roben feilschten lautstark darum.

Alle Männer waren bewaffnet, entweder mit Schwertern, Langspießen oder beidem. Sie trugen Tuniken aus weißer Baumwolle oder Leinen und darüber meist ein Lederwams oder einen Lederriemen mit einem Schild daran. Professor Peabody fand, er sollte imstande sein, anhand der Bekleidung seinen Aufenthaltsort festzumachen. Es gelang ihm jedoch nicht. Er war immerhin Naturwissenschaftler und kein Historiker. Zwar kam ihm manches bekannt vor, er konnte es jedoch nicht einordnen.

Irgendwie musste er aber Kontakt zu den Menschen aufnehmen und sie wissen lassen, dass in diesem Vogelkörper ein menschlicher Geist wohnte.

Während er also über seine nächsten Schritte nachdachte, kam ihnen ein großer, weißer Vogel entgegen. Es war eine weitere Gans, ein Ganter eigentlich, und die Überheblichkeit, mit der er auf sie zuwatschelte, empfand Alexander Peabody als geschmacklos.

»Ach, das ist ja Carl!«, rief Edna und zischte interessiert. »Herrje, Alex, ich sollte Sie warnen: Carl ist in mich verliebt.«

»Ach ja?« Zu seiner Verwunderung hörte Professor Peabody an sich einen Tonfall, der nichts Gutes verhieß.

»Hallo, Edna«, zischte der herannahende Carl. »Wo hast du denn den räudigen Vogel aufgelesen?«

»Er ist ein Freund von mir«, erwiderte Edna und warf den Kopf zurück. »Wir sind nur ein Stückchen spazieren gegangen.«

»Ach, wirklich?« Wachsam beäugte Carl Alexander Peabody. »Dann sag ihm, er soll noch ein Stückchen weiterspazieren, bevor ich ihm die Federn ausreiße.«

»Ha!«, entgegnete Edna herausfordernd. »Er kann sehr wohl auf sich aufpassen. Stimmt's, Alex?«

»Hm?« Alexander Peabody war durchaus beunruhigt. Carl hatte offensichtlich feindselige Absichten. Und dem seltsamen Drang zum Trotz, diese Feindseligkeit zu erwidern, war Professor Peabody im Grunde doch ein Mann des Friedens und noch nie in einen Konflikt verwickelt gewesen. »Also … also …«

Carl ließ ihm keine Gelegenheit, einen Entschluss zu fassen. Fauchend und schnabelklappernd ging er zum Angriff über.

Carl war groß und offensichtlich kampflustig. Gleich beim ersten Mal stieß er den Professor um. Während der flügelschlagend und um Hilfe kreischend auf der Seite lag, rupfte Carl ihm büschelweise Federn aus. Dann zwickte er Peabody mit seinem kräftigen Schnabel in schmerzempfindliche Körperstellen.

Zerzaust und aufgeregt rappelte sich Peabody auf und holte zum Gegenschlag aus. Doch der Professor war kampfunerfahren und Carl so fürchterlich unterlegen, dass ihn der Mut verließ. Er machte kehrt und trat die Flucht an.

Während er mit Geschnatter und fliegenden Federn die Straße hinunter davonrannte, zwickte Carl noch ein paarmal zu. Dann ließ er von ihm ab und lief zu Edna zurück.

»Da geht er hin«, hörte Peabody seinen Rivalen hinter sich. »Den Vogel siehst du nicht wieder, mein Augenstern.«

Der Professor bog um eine Ecke und wäre fast zwischen die Beine eines Mannes geraten, der gerade auf eine Marmortreppe zurannte. Zunächst hielt er ihn wegen des weißen Gewandes, das die Füße in Sandalen umspielte, für eine Frau.

Doch die raue Stimme gehörte einem Mann, und sie sprach folgende Worte: »Verschwinde Er aus meinem Weg, Vogelkreatur, bevor ich Ihm die Innereien nach außen wende! Bei meinem Wort, wärst du nicht Minerva heilig, ich drehte dir den Hals um und würfe dich in den Kochtopf, so wahr ich Marcus Manlius heiße!«

Mit glühender Begeisterung flatterte Professor Peabody aus dem Weg. Die Sprache war Latein. Und er musste … ja, der Hügel und der Fluss ließen nur einen Schluss zu. Er war in Rom.

Ein Hochgefühl überkam Peabody. Rom! Ganz offensichtlich in seinen Anfängen, denn der Ort war kaum mehr als ein Provinznest. Aber Rom, wo über Jahrhunderte Weltgeschichte geschrieben wurde!

Auf schnellstem Weg musste er sich mit den Einwohnern verständigen, das Jahr in Erfahrung bringen, dahinterkommen, an welchem Punkt der römischen Geschichte er gelandet war. Mit sämtlichen Fakten gerüstet, konnte er anschließend seinen Verstand einsetzen und trotz seines Gänsekörpers immer noch über sein Missgeschick siegen.

Er tippelte die schlammigen Stufen hinauf an dem Mann vorbei. Dieser hatte einen Schritt wie ein Befehlshaber.

Professor Peabody bot sein bestes Latein auf.

»*Hic, haec, hoc!*«, schnatterte er dem grollenden Marcus Manlius entgegen, um dessen Aufmerksamkeit zu erhaschen. »*Gallia est omnis divisa in partes tres!* Hören Sie zu, bitte! Ich bin ein Freund. Mein Äußeres ist ein Irrtum. Ich muss mit Ihnen sprechen!«

In seinen Augen hatte der hoffnungsfrohe Professor Peabody reinstes Latein gesprochen. Doch der Mann in der Toga blickte nur finster drein.

»Halt ein, Federvieh, mit deinem Gefauche und Geschnatter!«, brüllte er Professor Peabody an. »Bei allen Göttern, davon klingen mir die Ohren! Stündest du nicht unter dem Schutz der heiligen Minerva, ich risse dich in siebenundsiebzig Stücke. Und nun hinweg mit dir!«

Entmutigt wollte Professor Peabody aus dem Weg gehen. Doch er war zu langsam. Ein Fuß erfasste ihn geradewegs unterm Schwanzbürzel. Er segelte durch die Luft und die Treppe hinab.

Japsend schlug Professor Peabody heftig mit den Flügeln. Doch unvertraut, wie er mit der Kunst des Fliegens war, misslang der Versuch. Er rutschte ab, kam erst zum Stehen und dann ins Schlittern. Kurz darauf schlug er auf der untersten Stufe auf, die ihm das letzte bisschen Luft nahm.

Von den oberen Stufen her ertönte schroffes Gelächter. Dann war Marcus Manlius verschwunden.

Langsam kam Professor Peabody wieder zu Atem, Verstand und Mut. Es war ihm nicht gelungen, sich verständlich zu machen. Vermutlich war sein Akzent nicht korrekt gewesen. Oder, wahrscheinlicher noch, seine Stimmbänder waren für die klare Nachahmung der menschlichen Sprache nicht geeignet.

Und dennoch musste er sich irgendwie mit den Römern verständigen, oder zwanzig Jahre Arbeit und all sein Streben wären vergebens gewesen.

Das Problem erforderte höchste Konzentration. Er beschloss, durch die Stadt zu bummeln, während er darüber brütete. Außerdem war ihm nicht nach Hinsetzen. Jetzt noch nicht.

Gemächlich und würdevoll lief Professor Peabody weiter den schlammigen Weg entlang, der als Straße diente. Aus dem Augenwinkel sah er Edna und Carl in die andere Richtung schlendern. Kurz überkam Peabody ein Gefühl von Schmach. Dann verdrängte er die Gedanken an persönliche Befindlichkeiten und konzentrierte sich auf die Frage nach der Verständigung.

Schon bald kam ihm eine Idee. Auf einer Türschwelle sitzend, nutzte ein Mensch das letzte Tageslicht und schrieb mit einem Federkiel, den er hin und wieder in ein Tintenfässchen neben sich tauchte, etwas auf Pergament.

Professor Peabody verspürte Hoffnung. Dies war ein Schriftgelehrter, ein gebildeter Mann. Vorsichtig ging er näher. Der konzentrierte Schreiber, ein dürrer Bursche mit einer kahlen Stelle auf dem Kopf, nahm keine Notiz von ihm. Peabody ging näher.

Wenn er nun den Federkiel in den Mund – den Schnabel – nehmen und damit eine Nachricht schreiben könnte … Nein, das war schwer umsetzbar. Und dennoch …

Er räusperte sich. Zunächst wollte er es noch einmal mit Sprechen versuchen. Zu diesem Zweck sprach er einige einleitende Sätze, doch der Schriftgelehrte sah nur verärgert hoch.

»Kusch!«, machte er. »Weiche, du Vogel. Nein, halte ein!«

Alexander Peabody, der zurückgezuckt war, blieb stehen. Die Miene des Schriftgelehrten wirkte freundlicher. Angesichts des Zeichens von Interesse Mut fassend, krümmte Peabody seinen Hals, steckte seinen Schnabel in den weichen Matsch neben der Türschwelle und fing an, ungelenke Großbuchstaben zu schreiben.

»H-I-C«, schrieb er, ausladend, aber deutlich. »H-A-E-C … H-O-C.«

Triumphierend trat er zurück. Da! Ein Beleg seiner Intelligenz. Damit würde er die Aufmerksamkeit des Schriftgelehrten gewinnen. Dann würde er einen echten Satz schreiben. Und dann –

Er sah auf. Flugs versuchte der Schriftgelehrte ihn zu fassen. Eine große Hand packte ihn am Flügel. Professor Peabody verspürte Schmerz. Er setzte zum Sprung an, dem Mann geradewegs zwischen die Beine. Er flatterte ins Freie und der Schriftgelehrte wankte hinterher, griff ins Leere und fiel in den Matsch – mitten hinein in die Wörter, die Alexander Peabody geschrieben hatte!

Peabody stöhnte. Mit einer Handvoll Federn und einem Stein rappelte sich der wutentbrannte Schreiber mühsam wieder hoch. Er warf den Stein. Peabody wich hinter eine Ecke aus.

Zur Hölle mit dem Kerl! Bloß ein paar Federn für neue Gänsekiele hatte er gewollt! Ihn, Professor Alexander Peabody, B.Sc., M.Sc., Ph.D., als Quelle für Schreibzeug zu benutzen!

Dann ließ Peabody Kopf und Schwanzfedern hängen. Der Abend nahte und ein kalter, rauer Wind fegte durch die Straßen Roms. Es war ihm nicht gelungen, sich zu verständigen, und er sah dahingehend schwarz, ganz gleich, was er auch anstellte.

Wer würde schon einer Gans Beachtung schenken?

Er seufzte und fasste einen Entschluss. Er wollte zurück zu Edna gehen. Sie mochte nur eine Gans sein, aber sie war Gesellschaft, jemand zum Reden, und er war einsam.

Und Carl würde er jedenfalls bei der nächsten Begegnung eine ordentliche Tracht Prügel verpassen!

Er machte kehrt und begab sich auf die Suche nach Edna und Carl.

Etwas Seltsames geschah mit Alexander Peabody, und er war sich dessen nur halb bewusst. Die Überbleibsel der Gänsepersönlichkeit in dem Körper, den er nun bewohnte, schienen auf seine Gedanken und sein Handeln abzufärben. Allmählich verlor er das Interesse an menschlichen Belangen, selbst an der Mission, die ihn hergeführt hatte.

Umgekehrt sehnte er sich, je mehr er an Edna dachte, umso mehr nach ihrer Gesellschaft. Beim Gedanken an den ungehobelten Carl verlangte ihn nach einer Gelegenheit, sich erneut mit ihm im Kampf zu messen, mit dem Schnabel auf ihn einzuhacken, bis ihm die Stoppelfedern ausgingen.

Kampflustig aufgeplustert watschelte Professor Alexander Peabody durch die matschigen Straßen Roms.

Doch er fand Carl und Edna nicht und inzwischen war es Nacht. Langsam bekam er Hunger. An einer Türschwelle entdeckte er einen weggeworfenen Brotkanten und sein Schnabel zerhackte ihn zu Krümeln. Die fraß er, spülte sie mit Pfützenwasser hinunter und fühlte sich gestärkt.

Im Dunkeln allerdings fand er sich nun kaum noch zurecht. Die Stadt war kurz nach Einbruch der Nacht schlafen gegangen.

Gelegentlich lief, mit einem Schwert bewaffnet, den Schild über der Schulter, eine verhüllte Gestalt vorbei. Es schien sich um Wachen zu handeln, die Posten an den Mauern einnahmen.

Mit fortschreitender Nacht und dem schärfer werdenden Wind allerdings gaben die Wachen ihre ungeschützten Stellungen auf und suchten sich Nischen zum Aufwärmen. Doch Peabody beachtete sie gar nicht. Ein blasser Mond ging auf, und ein Stück die Straße hinunter entdeckte er den Tempel, an dem Edna, Carl und er auseinandergegangen waren.

Er rannte hin.

Und da kauerten sie behaglich Seite an Seite in einer Ecke hinter einer Säule, und im Schlaf berührten sich ihre Flügel.

Vor Empörung und Eifersucht stieß Professor Peabody ein wütendes Fauchen aus und die beiden schreckten hoch. Dann blinzelte Edna kokett.

»Sieh an: Alex!«, sagte sie.

»Hör zu, du Sack voll Federn«, schnatterte Carl, »hau ab oder ich zieh dir die Flügel lang.«

»Du und wer sonst noch?«, konterte Peabody, dem rechtzeitig eine bei der Jugend beliebte Antwort auf derartige Kampfansagen einfiel. »Feiger Vogel du, aus dir mache ich Gänseschmalz!«

»Hach, Alex!«, säuselte Edna. »Wie entzückend du daherredest! Und wie gut du aussiehst, wenn du wütend bist!«

»Dann sieh ihn dir ein letztes Mal gut an, Augenstern«, sagte Carl zu ihr. »Denn wenn ich mit ihm fertig bin, hat er weniger Federn als ein Spatz.«

Damit ging er auf ihn los. Zunächst wich Professor Peabody aus, hauptsächlich, weil er den Kampf auf ein anderes Feld der Ehre verlagern wollte – die ebene Fläche hinter dem Tempel. Der Marmor von Minervas Tempel war spiegelglatt und er brauchte stabilen Halt bei seinem ritterlichen Zweikampf.

Daher tippelte er rückwärts die Stufen hinunter zu der Brache, auf die der aufgehende Mond ein helles, wenn auch gedämpftes Licht warf. Siegesgewiss fauchend kam Carl hinterher und das Kampfgetöse lockte dutzende verschlafene Gänse aus allen Ecken des Tempels herbei.

Mitten auf dem Platz bezog Professor Peabody Stellung. Er blieb stehen und ging zum Angriff über.

Die neue Taktik überraschte Carl, und Professor Peabody konnte ein halbes Dutzend solider Schnabelhiebe auf seinen Kopf austeilen. Da schrie Carl noch wutentbrannter auf und wurde rabiat.

Die anderen Gänse sammelten sich und schauten begeistert schnatternd zu. Ednas Stimme aber übertönte sie alle, und ihr »Alex, pass auf, dass er dich nicht verletzt!« klang wie Musik in Professor Peabodys Ohren.

Trotz seines Heldenmutes war Professor Peabody jedoch nicht bewandert in der Kampfstrategie der Vogelwelt.

Gerade steckte er das Schlimmste an Flügelschlägerei und Schnabelhacken ein, als der Kampf unterbrochen wurde. In der Nähe flammte eine Fackel auf und eine wutentbrannte Stimme ertönte, die ihm bekannt vorkam.

»Bei den heiligen Gebeinen meiner Ahnen, ich schneid der

Gans mit den schwarzen Rändern um die Augen den Magen raus, Minerva hin oder her! Erst macht sie heute am Forum mit ihrem Gezischel meine Ohren schmerzen, und nun muss sie sich des Nachts im Kampfe messen und grässlichen Lärm verbreiten und ehrliche Römer aus ihrem verdienten Schlafe reißen. Ich röste ihre Leber und brate ihren Magen und koche ihre Knochen und –«

Eine andere Stimme fiel der ersten ins Wort.

»Marcus Manlius! Sie kommen. Der Feind rückt über den Hügel an!«

Und wahrhaftig klang nun Kampfgetöse durch die Nacht. Männer stürmten aus den Häusern, legten Schilde und Kurzschwerter an. Fackeln loderten. Von der Stadtmauer gellten barbarische Schlachtrufe herüber, das Ächzen und Stöhnen verwundeter Männer.

Doch Alexander Peabody achtete nicht darauf. Er hatte seinen eigenen Kampf auszutragen. Carl war noch immer stark und ausgeruht und drängte ihn zurück. Daher änderte Peabody aus Verzweiflung seine Taktik.

Seine neue Kampfmethode war eine Kombination aus ritterlichem Lanzenzweikampf und modernem simplem Nahkampf. Den Hals wie eine Lanze gereckt, rammte er Carl. Mit dem Schnabel hackte er sich durch Carls Abwehr und warf ihn um. Überlegen schwang sich Professor Peabody in die Luft. Mit kraftvollen Flügelschlägen gewann er etwa einen Meter an Höhe und stürzte sich auf Carl. Carl, der sich gerade hochrappelte, ging unter Peabodys Gewicht wie gelähmt erneut zu

Boden. Aus einem knappen Meter Abstand griff Alexander Peabody abermals mithilfe der Speertaktik an.

Carl wich zurück. Professor Peabody hinterher. Carl ergriff die Flucht und Peabody versetzte ihm einen letzten triumphalen Schlag. Anschließend entfernte sich Carls gequältes Krächzen die Straße hinunter in die Nacht und Edna schmiegte sich an Alexander Peabody, der japsend an den Tempelstufen lehnte.

»Alex«, sagte Edna, »du warst *großartig.*« Und sie rieb ihren langen, geschmeidigen Hals an seinem.

Eine ungekannte hitzige Erregung überkam Professor Peabody. Er hatte einen Gegner im Kampf besiegt und die Bewunderung einer schönen Dame gewonnen.

»Das war doch gar nichts, Edna«, sagte er bescheiden. »Dieser Carl ist doch bloß ein überschätzter Rüpel.«

»Das war sehr *wohl* etwas«, hauchte Edna. »Du bist ein Held, Alex. *Mein* Held jedenfalls.«

»Ich habe es für dich getan«, sagte Alexander Peabody kühn. »Und ich werde immer für dich kämpfen, wenn … wenn du mich lässt.«

»Oh Alex!«, seufzte Edna und presste sich an ihn.

Da die anderen Gänse schon wieder schliefen, waren sie allein. Und in seiner Versunkenheit entging Professor Peabody der leiser werdende Kampfeslärm an den Stadtmauern. Erst später, als das Licht der Fackeln näher kam und ihn blendete, erinnerte er sich überhaupt an die Römer.

Plötzlich sprang eine stämmige in Tierhäute gehüllte Gestalt aus einem Trupp römischer Soldaten hervor und rannte mit gezücktem Schwert auf Professor Peabody zu.

»Verfluchte Römer, wir hätten euch besiegt«, brüllte eine bullige Stimme in miserablem Latein, »wär diese Teufelsgans nicht gewesen! Gerade als wir über die Mauer wollten, hat sie eine andere Gans angegriffen, damit ihr aufwacht. Und dafür soll sie sterben!«

Edna schrie, als der riesenhafte Soldat mit dem Schwert in der Hand auf sie zugerannt kam. Alexander Peabody hingegen verspürte keine Angst. Mit gerecktem Schnabel und wütendem Zischen stürmte er los. Er setzte zum Sprung an und zielte auf die Augen, als die glänzende Klinge niederfuhr.

Einen Hieb konnte er austeilen, während hinter ihm Edna beklommen rief: »Alex! Alex!«

Dann traf das Schwert seinen Hals, und Professor Alexander Peabody wurde schwarz vor Augen.

Die Dunkelheit konnte eine Minute gedauert haben oder auch eine Stunde. Peabody konnte es nicht sagen. Doch als sie sich langsam verzog, hörte er Edna immer noch rufen: »Alex! Alex!«, und mit dem Schnabel rüttelte sie ihn am Flügel, um ihn aufzuwecken. Professor Peabody schlug die Augen auf.

»Schon gut, Edna«, keuchte er. »Es geht mir gut. Ich –«

Er stockte, denn vor ihm stand seine Schwester Martha.

Sie ließ seine Schulter los und Alexander Peabody fiel auf, dass er in seinem Lehnsessel saß, in seinem Arbeitszimmer, und dass es draußen Nacht war.

»Alexander!«, rief Martha aus. »Was ist passiert? Ich kam herein und ... und du musst wohl in deinem Sessel eingeschlafen sein. Ich wollte dich wecken, aber du wurdest einfach nicht wach.«

Entgeistert hielt sie inne.

»Wer ist Edna? Was ist mit dir? Du ... du siehst so anders aus.«

Alexander Peabody gab nicht gleich eine Antwort.

Er stand aus dem Sessel auf, ging an sein Bücherregal, zog einen Lexikonband heraus. Und darin fand er den Namen, nach dem er suchte. Eine Weile schaute er reglos auf die Seite.

MARCUS MANLIUS CAPITOLINUS. Patrizier. Römischer Konsul um 392 v. Chr. Wurde der Überlieferung nach 390 v. Chr. beim Versuch der belagernden Gallier, die Mauern der Hauptstadt zu erklimmen, vom Schnattern der heiligen Gänse geweckt und konnte die Anführer der Attacke niederschlagen. Der Angriff auf Rom wurde vereitelt.

Langsam schlug Peabody das Buch zu und sah zu Martha hoch.

»Ich bin nicht mehr derselbe«, erklärte er. »Ich habe Abenteuer erlebt. Eigenhändig habe ich einen Feind im Kampf besiegt. Und ich habe den Lauf der Geschichte verändert.

Dank mir haben die Gallier 390 v. Chr. Rom nicht eingenommen. Ansonsten hätte es das Römische Reich nie gegeben. Ohne das Römische Reich wäre die Weltgeschichte ganz anders verlaufen. Daher habe ich die Geschichte mehr beeinflusst, als jeder Diktator von heute es sich je erhoffen könnte. Ich, Alexander Peabody. Und ich bin zufrieden.«

Martha starrte ihn an. Dann löste sich ihre Anspannung allmählich und sie schüttelte den Kopf.

»Ah, du hast geträumt«, bemerkte sie. »Aber du willst mir doch nicht erzählen, dein Traum sei wirklich passiert. Ach, Alexander, was bist doch für ein komischer Vogel.«

Alexander Peabody sah seine Schwester an, nicht im Groll, sondern mit einem versonnenen Strahlen, als dächte er an einen besonderen Augenblick in seinem Leben zurück.

»Da irrst du dich, Martha«, entgegnete er würdevoll. »Kein komischer Vogel. Eine waschechte Teufelsgans.«

Glauben Sie an Geister?

»Das ist es«, sagte Nick Deene überschwänglich, nachdem er minutenlang regungslos die alte Villa Carriday betrachtet hatte. »Genau so hatte ich es mir vorgestellt. Bis auf die letzte rostige Türangel und knarzende Diele.«

Danny Lomax seufzte erleichtert.

»Halleluja!«, sagte er. »Fast eine Woche haben wir vergeudet, damit wir ein Haus finden, das dir passt, und jetzt haben wir fast keine Zeit mehr für Werbung. Aber ich muss zugeben«, Danny schielte zu dem düsteren alten Steinhaufen hinunter, der vereinzelte Spuren längst vergangener Würde bewahrt hatte, »ich muss zugeben, da hast du schon ein Schätzchen aufgetan. Wenn das kein Geisterhaus ist, dann weiß ich auch nicht.«

Nick Deene blieb noch ein Weilchen stehen und betrachtete die Villa, über deren Torbogen die Zahl 1784 noch immer der Witterung trotzte. Es war ein langer, L-förmiger Bau im Kolonialstil mit Steinfundament und von Hand gesägten Schindeln. Einst war er dunkel gestrichen worden, doch mit den Jahren war die Farbe verblasst, und übrig geblieben war ein schuppiger, fleckiger Farbton.

Das Haus hatte zwei Etagen, einen Dachboden und schien über etliche Zimmer zu verfügen. Früher einmal gestutzte Bäume waren bis fast an die Mauern herangekrochen und gaben dem Ort etwas Beengtes, Gedrängtes. Eine von Unkraut überwucherte Einfahrt, die zu einer schwer passierbaren Landstraße führte, und die verfallenen Ruinen einiger Nebengebäude verliehen der Szenerie den letzten Schliff.

»Es ist alles da, Danny!«, fuhr Nick Deene lebhaft fort. »Alles bis auf ein Gespenst.«

»Das stört mich überhaupt nicht«, warf der technische Assistent ein, der ihm von seinen Radiosponsoren zugeteilt worden war – *Sopur* Seifenpulver präsentiert *Deene, der Draufgänger!* »Ich glaub doch nicht an Geister, sagte ja schon der Hinterwäldler, als er das Nilpferd erblickte. Schon allein deswegen bin ich nicht scharf auf eine Begegnung. Ich bin zu alt, um meine Überzeugungen zu ändern, nur damit ich's einem Gespenst recht mache.«

»Das ist es ja«, erwiderte Nick Deene. »Ein echtes oder vermeintlich echtes Gespenst würde doch bloß stören. Klar, hier heraus kommt niemand, und es ist so gruselig, dass man lieber woanders langfährt, wenn man zufällig hier vorbeikommt. Aber es gibt eben keine Legende. Genau das hab ich gesucht – und eine anständige Geschichte. Und das hier hat die anständige Geschichte. Drei Generationen Carridays sind hier gestorben – wahrscheinlich an Malaria, guck dir mal den Sumpf dahinten an. Der letzte Carriday ist zur See abgehauen und in Java gestorben. Seit fünfzehn Jahren steht die Hütte leer, abgesehen von einem Landstreicher, den sie in einem Winter gefunden haben: Tod durch Lungenentzündung. Niemand wird das kaufen, nicht hier draußen im Sumpf. Für ein paar Tausender wird der Makler uns nur zu gern den Schlüssel geben und uns damit machen lassen, was wir wollen. Einschließlich Ausstattung mit einem hübschen, brandneuen Geist. Und genau das mach ich auch.«

»Nicholas Deene – Gespenster nach Maß, Geistermacher der Schönen und Reichen«, knurrte Danny Lomax. »Oh Mann, früher hab ich deine Bücher gelesen und das alles geglaubt. Das Kapitel über die Tänzerin in dem alten Tempel in Angkor Wat und wie du sie gerade noch so vor den Priestern retten konntest, hat mich echt umgehauen. Ich war so jung, dass ich glaubte, das sei wirklich passiert!«

»Na ja, es *gibt* einen Tempel in Angkor Wat.« Nick Deene grinste. »Und Tänzerinnen auch. Wenn dir die Story also gefallen hat, wozu beschweren? Beim Lesen hast du daran geglaubt, oder?«

»Klar.« Danny Lomax trat eine Zigarette aus. »Hab ich.«

»Dann hast du etwas für dein Geld gekriegt«, behauptete der groß gewachsene, braun gebrannte Mann. (Allabendliche Behandlungen unter der Bräunungslampe, sorgfältig getaktet von seinem Hausdiener Walters, hielten den Teint frisch.) »Und 'ne Million Leute glaubt da immer noch dran. So wie zehn Millionen an den Fluch der Carridays glauben werden.«

»Ja, ja«, willigte der kleine, drahtige Mann ein. »Ich will mich nicht streiten. Auch wenn der Fluch der Carridays von Nick Deene simuliert ist, mir gefällt das hier nicht. Müsste ich ein paar Gespensterbabys großziehen, würde ich sie hier aussetzen. Gesund fühlt sich das hier echt nicht an!«

Nick Deene ließ das Zahnpastalächeln strahlen, das ihm rund um den Globus Sympathien eingebracht hatte, das vor den Säulen des Athenäums abgelichtet worden war, auf halber Strecke am Mount Everest, auf einem Elefantenrücken in den Alpen und an zahllosen anderen Orten. Er strich sein pechschwarzes, aalglatt gekämmtes Haar zurück und machte sich wieder auf den Weg zurück zur Straße. Danny Lomax lief hinterher und schmiedete laut Pläne.

»Hier oben an die Straße kommt der Übertragungswagen«, entschied er. »Du hast einen tragbaren Sender auf dem Rücken, und vom Wagen aus geht dein Signal weiter nach Hartford. Von Hartford weiter nach New York und raus durchs Sendenetz. Die Anlage prüfen wir gründlich, dann ist die Gefahr, dass etwas schiefgeht, relativ gering. Deine Einschaltquote ist in letzter Zeit gefallen, aber das wird die Zahlen wieder hochtreiben. Die meisten deiner Hörer haben das Zeug aus deiner Sendung schon gelesen. Mit einer Livesendung aus einem Geisterhaus am Freitag, dem 13., kriegst du sie. Du bist ein Schwindler, Deene, aber du hast Ideen, und das hier ist eine von den besseren. Gesetzt den Fall ...«

»Gesetzt den Fall, was?«, forderte Nick ihn auf dem Weg zu dem wartenden Auto heraus.

»Dass du sie aufs Kreuz legst.« Danny Lomax setzte sich auf die Beifahrerseite und schlug die Tür zu. »Viele Zeitungsleute können dich nicht besonders gut leiden, und wenn auch nur irgendetwas an der Sache stinkt, dann verreißen die's gnadenlos. Ein Gespenst muss sein, und dein Publikum muss daran glauben. Davon kannst du ausgehen.«

»Es wird einen Geist geben.« Nick Deene zuckte die Achseln und fuhr los. »Und sie werden daran glauben. Ich werde ja mit ihnen im Zimmer sein. Gerade arbeite ich am Skript. Sie sollen beim Zuhören das Licht ausschalten und sich vorstellen, sie warteten mit mir im Dunkeln auf dieses Etwas, das seit hundert Jahren die Carridays heimsucht. Ich werde nur mit einer Taschenlampe bewaffnet sein, einer Bibel und –«

»Und einem Vertrag«, redete Danny dazwischen. »Nimm's mir nicht krumm. Aber seit ich dich kenne, habe ich keine Illusionen mehr.«

»Und einem Kreuz.« Mittlerweile war Deene leicht gereizt. »Sie werden Dielen knarzen und den Totenuhrkäfer in der Wand klopfen hören. Und jede Menge andere Details. Die denk ich mir dann aus. Spontaneität überzeugt doch immer am meisten. Und überzeugt werden sie sein. Sind sie das nicht immer?«

»Ja«, stimmte der Werbemann widerstrebend zu. »Wenn du deine Nummer abziehst, geraten alte Damen in Verzückung und kleine Kinder schreien die ganze Nacht in ihren Bettchen. Es gab einen Fall von Herzversagen nach der letzten Show, als du zwölf Meter unter Wasser gegen einen Oktopus gekämpft hast, da unten im malaiischen Perlenfischergebiet.«

»Dieses Mal wird es ein halbes Dutzend sein«, prophezeite Nick Deene selbstgefällig. »Wenn ich in diesem Haus dem Ding mit dem Gesicht wie ’ne Auster begegne …«

»Gesicht wie ’ne Auster, ja?«, wiederholte Danny Lomax und schluckte. »So soll es aussehen?«

Nick Deene schmunzelte und nickte.

»Wenn irgendetwas toter aussieht als eine wässrige blaue Auster, die schon zu lang offen ist«, sagte er, »dann weiß ich nicht, was das sein sollte. Wo war ich? Ach ja. Also, wenn ich in dem Haus auf dieses Ding mit dem Austerngesicht warte, werde ich zehn Millionen Leute in Angst und Schrecken versetzen, wenn ihr eure Arbeit anständig macht.«

»Ja, ja«, versprach Danny. »Wir werden Fotos vom Haus verschicken, ein paar Leuten im Dorf werde ich die Geschichte stecken, die man sich erzählen soll, wir feuern dich mit Tamtam an bis zur Zielgeraden. Nur den Wetterfrosch werden wir nicht manipulieren können, damit es nachts stürmt. Das Risiko musst du eingehen.«

»Hier unten im Sumpf ist es nachts sowieso neblig«, entgegnete Deene recht ernsthaft. »Nebel ist genauso gut wie Sturm.«

»Klar.« Danny Lomax drehte sich zu dem Haus unten im Tal um – die Straße hatte sie einen Hang hinaufgeführt. In zarten grauen Fetzen zog bereits Nebel auf, da mit dem Verschwinden der Sonne kühle Luft in die sumpfige Talsenke strömte. »Nebel reicht mir vollkommen. Na ja, Deene, ist vielleicht ganz gut, dass du selbst nicht an Gespenster glaubst.«

»Vielleicht.« Nick Deene grinste, als sie die Anhöhe erreichten und das Haus außer Sichtweite verschwand.

Der Nebel blieb aus. Dennoch waberte Dunst um Haus Carriday, als Danny Lomax, Nicholas Deene und zwei Zeitungsleute – Ken Blake und Larry Miller – sich daranmachten, es zu betreten.

Da lag es, ganz unten in dem kleinen Tal, in bleichen, behäbig wabernden Dunst gehüllt. Von der Mondsichel stach ein schwacher Lichtstrahl in die Wälder hinab. Es war elf Uhr und Zeit für *Deene, den Draufgänger!* und seine Sondersendung.

Danny Lomax hatte Kopfhörer auf, von denen Kabeltentakel bis zurück zum Sendewagen verliefen, der an der Straße geparkt war. Das Haus war knapp vierhundert Meter entfernt und Danny verspürte ein dumpfes Bedauern, dass es nicht vier Millionen waren, als er die Kopfhörer von den Ohren riss und die Hand fallen ließ.

Nick Deene verstand das Signal, dass nun die Titelmusik zu Ende war, ebenso wie die langatmige Ansage der Sendung. Mit seiner tiefen, ausdrucksstarken Stimme nahm er die Erzählung nahtlos auf.

»Hier spricht Nicholas Deene«, sprach er lässig in das Mikrofon, das an seinem Hemd angebracht und mit dem tragbaren Rekorder verbunden war, der über seiner Schulter hing. »Unter mir liegt in einer Senke die alte Villa Carriday, etwa vierhundert Meter von hier. Bleiches Mondlicht erhellt sie. Nebelschleier hüllen sie ein, wie um sie vor Blicken zu verbergen. Fünfzehn Jahre lang hat unter ihrem Dach kein menschliches Wesen eine Nacht verbracht – lebend.«

Er machte eine bedeutungsschwere Pause, um seinem unsichtbaren Publikum den ersten wohligen Angstschauer zu ermöglichen.

»Heute Nacht jedoch werde ich dem Fluch der Carridays die Stirn bieten. Ich werde in das Haus hineingehen. Und im großen Schlafzimmer, in dem drei Generationen der Familie verstorben sind, werde ich auf das unbekannte Ding warten, das der Legende nach hier spukt.

Ich gehe nun auf das Haus zu, begleitet von zwei renommierten Zeitungsjournalisten. Einer von ihnen hat Handschellen dabei, der andere den Schlüssel. Sie werden mich an die massiven Pfosten des uralten Himmelbettes fesseln, das man durchs Fenster im großen Schlafzimmer erkennen kann. Damit wird sichergestellt, dass ich nicht wegkomme, bevor es Mitternacht ist – bevor dieser unglückselige Freitag der dreizehnte in die Vorhölle vergangener Tage eingeht.«

Nick Deenes Stimme fuhr fort, hob und senkte sich in sorgsam austarierten Wellen, spielte mit den Gefühlsregungen der einen, eintausend, dreitausend Kilometer entfernten Zuhörer. Er, Danny Lomax und die beiden Reporter stapften weiter zum Haus hinunter.

Auf den letzten Drücker hatte Nick Deene die Idee mit den Handschellen gehabt. Die Presse hatte die Nummer mit verhaltenem Spott aufgenommen. Doch Nick Deene hatte wieder einmal Instinkt für gute Unterhaltung bewiesen. Da lag eine Verlockung in dem Gedanken an einen in einem verlassenen Haus, Spuk hin oder her, angeketteten Mann – unfähig, wegzukommen –, der die Kritik beeindruckt hatte.

Auf ihrem Weg den tanzenden Strahlen der Taschenlampen hinterher redete Deene weiter. Er beschrieb den Wald, die nächtlichen Geräusche, die Erscheinung der leeren, totenstillen Villa, und er machte seine Sache gut. Seine drei Begleiter hätten es mitnichten gebraucht. Noch bevor sie das Haus erreichten, war die sorgsam kultivierte Skepsis aus den Gesichtern von Blake und Miller verschwunden. Ihrem spöttischen Misstrauen zum Trotz meinte Danny Lomax auf ihren Gesichtern Spuren von Unbehagen zu entdecken.

»Wir stehen jetzt hier auf der morschen, knarrenden Veranda«, berichtete Deene seinem Publikum. »Ein Reporter öffnet die Tür mit dem Schlüssel, den uns der weißhaarige Verwalter des Anwesens widerwillig ausgehändigt hat, ein Mann, dessen Gesichtsausdruck bezeugt, dass er Dinge über dieses Haus weiß, die sein Mund nicht preisgeben wird.

Die Tür öffnet sich knarrend. Unsere Lampen tasten sich in

den schwarzen Schlund der Empfangshalle. Überall ist Staub, offenbar zentimeterdick. Beim Hineingehen wirbelt er auf, und um uns herum ...«

Sie betraten das Haus und Nick Deene schritt von den vieren am entschlossensten durch einen schmalen Flur bis zur Treppe. Im Schein ihrer Lampen tauchten Nebenzimmer auf, vollgestellt mit alten Möbeln, deren Schutzabdeckungen seit fast zwei Jahrzehnten nicht abgenommen worden waren. Die Wendeltreppe knarrte. Die Luft war muffig wie in allen lang leer stehenden Häusern.

Sie kamen ins Obergeschoss, wo ein Mondstrahl durch ein Fenster im Flur ins Haus eindrang. Ihr Licht blitzte in einem staubigen Spiegel auf und Larry Miller schrak zurück. Nick Deene schmunzelte ins Mikrofon und eine Million Zuhörende bestätigten nickend seinen Mut.

»Meine Freunde sind nervös«, erzählte Nick Deene ihnen. »Sie spüren die Schwere, die auf diesen stillen Gemächern lastet, welche nur unsichtbare Wesen betreten.

Wir sind nun im Schlafzimmer, wo ich ausharren werde ...«

Das Schlafzimmer war groß. Die Tür hingegen war niedrig und schmal und die Fenster klein. Draußen quietschte ein kaputter Fensterladen.

Es gab zwei alte Stühle, einen Sekretär, eine Truhe aus Zedernholz, einen Flickenteppich – und das Himmelbett. Eine Tagesdecke lag, grau vor Staub, auf der Matratze. Bei dem Anblick verzog Nick Deene das Gesicht, doch seiner Stimme war nichts anzumerken.

Danny Lomax zog die Decke vom Bett und schüttelte sie aus. Staub wirbelte auf, und hustend legte er sie wieder zurück. Er schob einen Stuhl neben das Bett und Nick Deene nahm, ohne die Sendung zu unterbrechen, seinen Rekorder ab und stellte ihn darauf.

Er legte sich aufs Bett und Larry Miller fesselte ihn mit den Handschellen aus seiner Tasche am Bein an den linken Bettpfosten. Danny Lomax stellte das Mikro so ein, dass Nick Deene freihändig hineinsprechen konnte, und Deene gab ein Handzeichen, dass er startklar war.

»Meine Freunde machen sich zum Gehen bereit«, berichtete er seinem Publikum. Seine Worte sprangen aus dem Raum zum wartenden Übertragungswagen, von dort ins dreißig Kilometer entfernte Hartford, weiter nach New York, und dann hinaus in die Welt oder von wo aus auch immer jemand zuhörte. »Gleich werde ich auf mich selbst gestellt sein. Ich habe eine Taschenlampe, aber um die Batterie zu schonen, werde ich sie ausschalten. Darf ich Ihnen einen Vorschlag machen? Warum schalten Sie da draußen vorm Radio nicht auch das Licht aus, und wir harren gemeinsam in der Dunkelheit der Kreatur, die bekannt ist als der Fluch der Carridays – eine Kreatur, die ich Ihnen hoffentlich vor Ablauf der kommenden Stunde werde beschreiben können.

Was es ist oder wie es aussieht, ich weiß es nicht. Der Einzige, der es sagen könnte – der Verwalter des Anwesens –hüllt sich, der Herrschaft treu ergeben, in Schweigen, obwohl der letzte Carriday schon vor langer Zeit auf der weit entfernten Insel

Java verstorben ist. Falls jedoch die Sterne günstig stehen, sehen wir – Sie und ich – es ja heute Nacht vielleicht.«

Schlauer Kniff, dachte Danny Lomax, das Publikum mit einzubeziehen und ihm dadurch das Gefühl zu geben, ebenfalls vor Ort zu sein. Eines der Geheimnisse von Deenes Erfolg.

»Und nun«, sagte Nick Deene gerade, »verabschiede ich mich von meinen Kollegen …«

Dann verließen Danny und die beiden Reporter das Zimmer. Nick Deene bewegte sein Bein, die Handschelle rasselte und Larry Miller fuhr zusammen. Selbstgefällig winkte Nick ihnen hinterher.

Schnurstracks gingen sie nach unten, und niemand sagte ein Wort, bis sie draußen waren. Dann atmete Blake tief durch.

»Er ist ein Schwindler«, sagte er mit widerwilliger Bewunderung. »Und ihr wisst so gut wie ich: Falls er heute Nacht irgendetwas sieht, dann wird es seiner Einbildung entsprungen sein. Aber nichtsdestotrotz würde ich keine Stunde gefesselt da drin verbringen wollen, nicht für ein ganzes Monatsgehalt.«

Ohne zu zögern, machten sie sich auf den Weg zum Übertragungswagen und zur Menschentraube – Techniker, Reporter und Werbeagenten –, die sich darum scharte. Und währenddessen erlosch hier und da in den Häusern das Licht – in Boston, in Sioux Falls, Kalamazoo, Santa Barbara und unzähligen anderen Städten –, als Nick Deenes weit verstreute Hörerschaft seinen melodramatischen Vorschlag befolgte und ihm im Dunkeln zuhörte. Und zwei Millionen Familien stellten sich darauf ein, mit ihm zu warten, hingen an seinen Lippen, im völligen Glauben an alles, was er sagte.

Beim Eintreffen der drei am Sendewagen stand das Grüppchen aus einem halben Dutzend Menschen hinten, wo ein Halbkreis aus Licht das Dunkel erhellte und ein Lautsprecher jedes Wort von Nick Deene wiedergab.

Deene baute noch immer die Stimmung auf. Mit klangvoller Stimme beschrieb er das Haus, die Schatten, den Staub, die Dunkelheit, die in den Fluren zu kauern schien.

»Lauschen Sie«, sagte Nick Deene gerade, und Danny Lomax sah vor seinem inneren Auge den großen braun gebrannten Mann süffisant grinsen, »und hören Sie mit mir die leisen Nachtgeräusche, die dieses uralte Geisterhaus heimsuchen. Irgendwo knarrt eine Diele – vielleicht ganz ohne Grund. Ich weiß es nicht. Aber es kommt eindeutig auf mich zu …«

Auch sie konnten es hören. Das gespenstische, Gänsehaut verursachende Knarren einer Diele oder Treppe in der mitternächtlichen Stille. In seiner Tasche hatte Nick Deene zwei Holzstücke, die er aneinanderrieb, um diesen Effekt zu erzeugen, doch das wusste nur Danny Lomax. Und obwohl er es wusste, mochte er das Geräusch nicht.

»Ich höre das Knarren …«, Nick Deene senkte spannungsgeladen die Stimme. »Ich höre das Knarren und noch etwas anderes. Ein monotones Tick-tick-tick, das immer lauter und lauter zu werden scheint, den furchterregenden Takt des Totenuhrkäfers in den Wänden dieses Zimmers …«

Auch das konnten sie hören, als Nick Deenes Stimme erstarb.

Sie lauschten und ihr Atem ging schneller, als wären auch sie in diesem Zimmer, als lauschten sie gemeinsam mit dem Mann, der dort an das große Himmelbett gefesselt war.

Und in Atlanta, in Rochester, in Cincinnati, in Memphis, Mobile, Reno, Cheyenne und unzähligen anderen großen und kleinen Städten vernahm es auch Nick Deenes Hörerschaft in ihrer angespannten Stille. Sie schluckten einmal mehr, sahen unbehaglich um sich und lächelten – ein spürbar gekünsteltes Lächeln. Und sie glaubten ihm ...

Auch Danny Lomax hätte daran geglaubt, hätte er nicht von dem kleinen Apparat aus Metall gewusst, mit dem Nick Deene die Geräusche des »Totenuhrkäfers« erzeugte. Diesem Wissen zum Trotz musste er zugeben, dass die Darbietung beeindruckend war. Mit seiner Angeberei, er werde zehn Millionen Leute vom »Fluch der Carridays« überzeugen, hatte Nick Deene übertrieben – aber nicht, was ihren Glauben anging. Sein Publikum brachte es vermutlich auf gerade mal fünf Millionen. Doch diese fünf Millionen glaubten ihm mittlerweile so ziemlich jedes Wort.

Danny drehte die Hand ins Licht und warf einen Blick auf seine Uhr. Fünfunddreißig Minuten waren verstrichen. Blieben noch fünfundzwanzig. Zeit, dass Deene die Spannung hochdrehte. Zeit für den großen Paukenschlag. Er hatte die Grundlage geschaffen und sein Publikum in der Tasche. Nun musste er langsam abliefern.

Was er auch tat. Kurz darauf verstummte Nick Deene abrupt. Die plötzliche Stille war spannender, als jedes Wort es hätte sein können. Sie hielt zehn Sekunden an, zwanzig, dreißig. Dann durchbrach er sie mit einem einzigen leisen Satz.

»Ich glaube, ich höre etwas draußen vorm Haus ...«

Rund um den Sendewagen herrschte Totenstille, abgesehen vom Summen des Stromaggregats, das die Sendung über Berge und Wälder nach Hartford schickte.

»Was es auch ist ...«, Nick Deene sprach noch immer wie ein Mann, der nebenbei flüstert, obwohl er sich auf etwas anderes konzentriert, »was es auch ist, es kommt näher. Es scheint langsam von dem kleinen Stück Sumpf auf der Südseite des Hauses heraufzukommen.«

Abwesend griff Danny Lomax nach einer Zigarette. Nick hielt sich an das Skript, das sie entworfen hatten. Fast in letzter Minute hatten sie sich gegen eine übernatürliche Erscheinung, mit einfachen Worten einen Geist, entschieden.

Stattdessen war Nick mit seinem üblichen Instinkt für den richtigen Ton auf ein *Etwas* umgeschwenkt. Etwas Namenloses, Gestaltloses, etwas, was sich nicht einordnen ließ. Etwas aus der Nacht, dem Sumpf, dem Unbekannten. Etwas, was vielleicht lebendig war und vielleicht auch nicht. Etwas, was Nick Deenes Beschreibung zufolge allerdings verdammt echt war ...

»Was es auch ist, es kommt näher«, berichtete Nick Deene. »Ich höre ein dumpfes Geräusch, wie von etwas Schwerem, das sich durch totes Gehölz und über unebenen Boden schleppt. Es könnte auch ein Tier sein, vielleicht sogar eine verirrte Kuh oder ein Pferd oder ein Schwein, das von einer der benachbarten Farmen entlaufen ist ...«

Fünf Millionen Zuhörer hielten die Luft an. Natürlich, nur ein verirrtes Pferd oder eine Kuh. Etwas Warmes, etwas Vertrautes, etwas Harmloses. Da –

»Es reißt an den Brettern vorm Kellerfenster!«, rief Nick Deene aus. »Es will ins Haus!«

Reglos hielt Danny Lomax seine Zigarette, bis die Streichholzflamme ihm die Finger verbrannte. Trotz ihrer entschiedenen Skepsis lag in den Gesichtern der am Sendewagen versammelten Reporter und Techniker ein gespannter Eifer. Sie wussten oder ahnten, dass dies ein Schwindel war. Dennoch erwischte sie alle der plötzliche Ruck, nachdem Deene ihren Nerven eine Pause gegönnt hatte. Ebenso wie das gesamte unsichtbare Publikum.

Nach Jahren hinter den Kulissen von Radiosendungen hatte Danny Lomax einen siebten Sinn entwickelt. Er konnte mit sehr geringen Abweichungen genau sagen, wie eine Sendung ankam – ob sie ein Hit wurde oder ein Reinfall. Er konnte spüren, wie die Zuhörerschaft reagierte, und er konnte ihre Reaktion erahnen.

Nun spürte er ein Ziehen – etwas Angespanntes, Nervöses, Mulmiges. Einige Millionen Leute oder noch mehr hörten zu, glaubten das Ganze, durchlebten die Szene mit Nicholas Deene. Wie er so dahockte in der kühlen Nacht neben dem Sendewagen, spürte Danny Lomax ihren Glauben über sich hinwegrauschen, nicht zu greifen, aber echt.

Nick Deene sprach nun hastiger. Er berichtete vom Geräusch reißender Nägel, als Bretter nachgaben. Er beschrieb einen schweren, wabbligen Körper, der sich durch das winzige Fenster zwängte. Er ließ sein Publikum das weiche Schmatzen von etwas Großem und Schwabbelndem hören, das sich durch den dunklen Keller schob, die Treppe fand und hinaufging, langsam, ganz langsam …

»Jetzt ist es im Flur.« Seine Sätze waren knapp, scharf, spannungsgeladen. »Ich höre die Dielen unter seinem Gewicht knarren. Es wittert mich. Es sucht mich. Ich gebe zu, dass ich Angst habe. Kein Mensch bei klarem Verstand hätte keine Angst. Ich bin aber davon überzeugt, dass es mir nichts tun kann. Sollte es sich um eine übersinnliche Erscheinung handeln, ist sie harmlos, egal, wie grausig sie aussehen mag. Also reiße ich mich zusammen. Aber wenn meine Nerven mich im Stich lassen, wird es für mich gefährlich.

Was es auch ist, jetzt ist es draußen vor der Tür. Das Zimmer ist stockdunkel. Der Mond ist untergegangen. Aber ich habe noch meine Taschenlampe und damit werde ich das Etwas blenden.

Es riecht modrig, klamm, wie nach Sumpf und feuchten Orten. Der Geruch ist sehr stark. Beinahe übermächtig. Ich mache jetzt das Licht an …«

Nick Deenes Stimme verstummte. Danny Lomax' Armbanduhr tickte so laut wie ein Wecker. Die Sekunden verstrichen. Zehn. Zwanzig. Dreißig. Vierzig. Jemand bewegte sich. Jemandes Atem rasselte wie der eines Schlafenden, der erstickte.

Dann – »Es geht wieder!« Nick Deenes Stimme war nurmehr ein Flüstern. »Es hat mich angesehen und wollte hereinkommen. Ich konnte es spüren. Es wollte – *mich*. Aber ich halte die Bibel und das Kruzifix, die ich mitgebracht habe, fest in meiner Hand, das Licht schien ihm genau in sein … in sein Gesicht, wenn man es so nennen kann. Ich habe den Blick nicht abgewandt, und nun verschwindet es wieder. Ich kann es nicht mehr sehen. Das Licht meiner Taschenlampe fällt auf den schwarzen, leeren Türrahmen. Es gleitet zurück durch den Flur, zur Treppe hin. Es kehrt in den Sumpf zurück, aus dem es kam, als es mich hier witterte.

Ich kann es kaum beschreiben. Keine Ahnung, was es war. Aufrecht so groß wie ein Mensch, seine Beine jedoch waren bloße graue Stümpfe ohne Füße. Sein Körper war lang und knollenförmig, wie eine missgebildete Steckrübe, sein Fleisch gräulich und uneben. Es glänzte wie von Schleim, und in den Wassertropfen auf seiner Haut fing sich das Licht meiner Taschenlampe.

Es hatte einen Kopf, einen großen, runden Kopf, haarlos wie der ganze Rest. Und ein Gesicht – ich kann es Ihnen nicht beschreiben. Bei seinem Anblick konnte ich nur an eine Auster denken. Eine scheußliche, nasse, blaugraue Auster mit zwei dunklen Flecken, die wohl Augen gewesen sein müssen.

Es hatte Arme. Zumindest reckten sich zwei Stumpen an seinem Körper nach mir. Es waren keine Hände daran. Nur faulige … Fetzen.

Das war alles, was ich sehen konnte. Dann machte es kehrt. Nun ist es fort. Es ist am Ende der Treppe, lässt sich schlurfend von Stufe zu Stufe hinabplumpsen. Es bewegt sich auf die Kellertreppe zu, unter ihm knarrt der Boden, zurück zum Kellerfenster, durch das es sich hereingezwängt hat, zurück in die Tiefen des Sumpfes, dem es entstiegen ist. Und dennoch spürt man es noch immer hier in diesem Zimmer, und ich weiß, sollte mein Wille nachlassen, könnte es das fühlen und würde zurückkehren. Das erlaube ich nicht. Ich lasse es nicht zu. Es muss zurück in den unergründlichen Sumpf, aus dem es kam …«

Danny Lomax leckte mit der Zunge über seine trockenen Lippen. Das war's. Das war der Höhepunkt. Der Moment, in dem Nick Deene sie in die Tasche steckte oder auf die Schnauze fiel. Was es auch war, Danny konnte es erahnen.

Und so war es auch. Keine Pleite. Erfolg! Die unsichtbaren Ströme um ihn herum waren Glaube. Der Glaube von Millionen Leuten, die etwas vor ihrem inneren Auge sahen, das nie existiert hatte, sondern von Nick Deene erschaffen worden war.

Morgen lachten sie vielleicht darüber. Spielten lachend die Tatsache herunter, dass sie zugehört hatten. Das Gefühl würden sie jedoch nie vergessen. Und jetzt gerade, in diesem Augenblick, glaubten sie daran. Ganz und gar.

Danny atmete aus und schaute auf seine Uhr. Gleich Mitternacht. Nick Deene meldete sich wieder.

»Es ist fort. Es ist wieder draußen, auf der Suche nach dem Sumpf, aus dem es kam. Hier spricht Nicholas Deene. Ich verabschiede mich. Meine Nerven haben ganz schön was durchgemacht. Danke Ihnen fürs Zuhören. Ich bin froh, dass Sie nicht enttäuscht wurden, dass Ihr Einschalten sich gelohnt hat.

Schlafen Sie gut. Nicholas Deene wünscht Ihnen eine gute Nacht.«

Der technische Leiter drückte einen Schalter und nickte Danny Lomax zu. Der beugte sich zu einem zweiten Mikrofon im Wagen vor und setzte Kopfhörer auf.

»Alles klar, Nick«, sagte er. »Du bist nicht mehr auf Sendung. Wir kommen jetzt runter und machen dich los.«

»Okay.« Nick Deene klang etwas flattrig. »Beeilt euch, ja? Ich könnte schwören, ich hab eben draußen *wirklich* etwas gehört. Vielleicht bin ich zu gut. Ich glaube mir selbst. Wie ist's gelaufen?«

»Gut«, sagte Danny zu ihm. »Sie haben's dir abgekauft. Fünf Millionen Leute sitzen jetzt in ihren Wohnzimmern, lockern ihre verspannten Muskeln und tun so, als hätten sie dir kein Wort geglaubt.«

»Hab ich dir ja gesagt.« Vorübergehend hörte Deene sich zufrieden an. Dann wurde seine Stimme wieder drängender.

»Hör mal, beeilt euch, ja? Da draußen ist wirklich was … Du hast gesagt, sie haben es mir abgekauft?«

»Absolut«, sagte Danny Lomax zu ihm. »Ich konnte es spüren. Die sehen alle noch das Ding mit dem Austerngesicht, das du beschrieben hast, durchs Kellerfenster kriechen, die Treppe hochwabbeln, in deiner Tür stehen –«

»Hör auf!«, rief Deene unvermittelt. »Und komm her! *Da ist etwas am Kellerfenster, wo wir für die Reporter die Bretter gelockert haben!*«

Lomax drehte sich um.

»Ach, Joe«, rief er dem Fahrer zu. »Fahr den Sendewagen runter vors Haus, ja? Geht schneller als Laufen … Was hast du noch gesagt, Nick? Ich hab's nicht gehört.«

»Ich sagte, da kommt was zum Kellerfenster rein!« Nick Deene klang schrill. »Es ist im Keller. Es kommt an die Treppe!«

»Ruhig, Nick, ruhig«, warnte Danny Lomax. »Dreh jetzt nicht durch. Wir beide wissen, das ist bloß ein Gag. Jetzt mach nicht –«

»Oh Gott!« Deenes Atem stockte. »*Da kommt was die Treppe hoch!* Hol mich hier raus!«

Stirnrunzelnd sah Danny auf.

»Joe, jetzt mach schon«, blaffte er und der Fahrer warf einen ärgerlich überraschten Blick zu ihm nach hinten.

»Schon dabei«, grummelte er und der Sendewagen ruckte an. »Schnell genug, der Herr?«

Danny Lomax gab keine Antwort.

»Nick, alles in Ordnung?«, fragte er ins Mikrofon und Deenes Stimme, fast unkenntlich, antwortete.

»Danny, Danny«, stammelte sie, »da kommt was die Treppe hoch, *fump-fump*. Ich rieche Sumpfgas und Ammoniak. Es klingt glitschig. Ich sag's dir, da ist was aus dem Sumpf ins Haus gekommen und will mich umbringen!«

Der Sendewagen holperte die lang nicht genutzte Straße hinunter. Die Reporter waren aufmerksam geworden. Sie starrten Danny an, spürten, dass etwas – sie wussten nicht, was – gerade schieflief. Danny saß, die Kopfhörer auf die Ohren gedrückt, übers Mikro gebeugt.

»Ruhig, ganz ruhig«, beschwichtigte er. »Wir haben das alles aufgeschrieben. Das existiert nur auf dem Papier. Eben hast du's selbst noch gesagt. Fünf Millionen Leute haben es geglaubt, aber du und ich, wir nicht, Nick. Wir –«

»Hör mir zu!«, schrie Nick. »Da ist was im Flur. So ein Schaben und Pochen. Die Dielen knarren. Danny, du weißt, ich bin hier angekettet. Das will mir an den Kragen. Wirklich!« Nick Deene klang hysterisch. »Es ist an der Tür. Es –«

Die Stimme wurde übertönt vom Schürfen auf Kies, als die Bremsen griffen. Reifen kämpften um Bodenhaftung, verloren sie. Ein Matschfleck hatte den Sendewagen ins Schlingern gebracht. Die lang vernachlässigte Straße bot keinen Halt. Die Hinterreifen rutschten auf den Straßengraben zu. Der Wagen machte einen Satz, kippte, fing sich wieder, als die Reifen sich in eine sandige Böschung gruben. Die Männer von der Zeitung warf es um. Danny Lomax riss es vom Mikro weg, die Kopfhörer von seinen Ohren.

Er kroch zurück ans Mikrofon. Die Kopfhörer waren gesprungen. Er drückte einen Knopf, der den Lautsprecher einschaltete.

»Nick!«, schrie er. »Nick!«

»– *in der Tür!*«, kam ein vor Angst gellendes Heulen aus dem Lautsprecher. »Kommt rein! Austerngesicht … großes, leeres, schlabbriges Austerngesicht … Danny, Danny, stell mich wieder auf Sendung, sag ihnen, es war nur ein Witz, sag ihnen, es stimmt nicht, sag ihnen, sie sollen mir nicht glauben, nicht glauben. Danny, hörst du, sie sollen mir nicht glauben! Es kommt rein! Es will mich! Es stinkt und es ist ganz nass und schlabberig und sein Gesicht – sein Gesicht! Danny, sag ihnen, sie sollen es nicht glauben! Das liegt nur an ihrem Glauben. Es hat nie existiert. Ich hab mir das ausgedacht. Aber sie haben mir alle geglaubt. Hast du selbst gesagt! Fünf Millionen Leute, alle gleichzeitig! Stark genug, dass du es spürst! Sie waren das, Danny, sie haben es zum Leben erweckt! Es macht genau, was ich gesagt habe, und es sieht genauso aus, wie ich … wie ich … Danny! Hilf mir! HILF MIR!«

Der Lautsprecher kreischte, vibrierte schrill vor Überlastung und verstummte. Und in der plötzlichen Stille klang ein Echo durch die Nacht. Nein, kein Echo, sondern der Schrei, den sie eben gehört hatten. Schwach und angsterfüllt drang er an ihre Ohren, und Danny Lomax war ein paar Sekunden lang nicht imstande, sich zu regen.

Dann sprang er auf und die anderen folgten ihm hinaus in die Dunkelheit. Mit erschreckender Endgültigkeit waren Nick Deenes Schreie verstummt. Danny sah die Villa vor sich, dunkel, still, wie ein Grab. Sie lag knapp dreihundert Meter entfernt, und eine Kurve in der Straße verdeckte vorübergehend die Sicht.

Fast eine Minute dauerten die dreihundert Meter. Dann bog Danny, der Nick Deene in seinem Kopf noch immer schreien hörte, keuchend in die alte Einfahrt.

»Das waren *sie,* Danny, sie haben es zum Leben erweckt! Fünf Millionen Leute, alle gleichzeitig …«

Konnte … konnte … Dannys Verstand vermochte die Frage

nicht zu stellen, geschweige denn zu beantworten. Doch er hatte die Schwingungen gespürt. In mindestens einer Million Haushalte hatten fünf Millionen Leute gesessen, zugehört, geglaubt. Hatten sie in der konzentrierten Kraft ihres Glaubens etwas entfacht, hatten sie durch ihren Glauben ein Wesen erschaffen, das …

Hinter ihm nahten Schritte. Jemand hatte eine Taschenlampe.

Der Strahl tastete das Haus ab und huschte für einen Moment in die Dunkelheit dahinter.

Und Danny Lomax sah, dass sich etwas bewegte.

Ein undeutliches, grau-weißes Flimmern, einen undeutlichen Umriss, der sich rasch durch das dichte Gestrüpp auf den zwei Hektar großen Sumpf südlich des Hauses zubewegte und eine Sekunde lang schwach auftauchte, glänzend wie vor Schleim und Nässe.

Falls es ein Geräusch gab, so konnte Danny Lomax es nicht hören, weil nahende Schritte und das heisere Japsen rennender Menschen es übertönten. Doch als er genau hinhörte, meinte er einen einzelnen Schrei zu hören, gedämpft und abrupt erstickt. Es war, als hätte ein Mann schreien wollen, während sich etwas Feuchtes, Weiches, Fleischiges über seinen Mund legte …

Danny Lomax blieb stehen und ließ Reporter und Techniker an sich vorbeirennen. Er hatte sie kaum gehört, war sich ihrer kaum bewusst, denn sein ganzer Körper war kalt. Etwas zerquetschte sein Innerstes mit einer riesigen Hand, und er spürte, dass er sich gleich übergeben würde.

Und er wusste bereits, dass das Schlafzimmer in der oberen Etage leer war. Dass sie nur eine halbe Handschelle an einem Bettpfosten finden würden, die Kette entzwei, ein paar Spuren im Staub und einige Tropfen schleimiges Wasser, die verrieten, wohin Nick Deene verschwunden war.

Das und einen stechenden und ätzenden Geruch im Flur …

Sturkopf Onkel Otis

Onkel Otis war der größte Sturkopf von Vermont (sagte Murchison Morks). Kennt man Leute aus Vermont, weiß man, er war der größte Sturkopf auf der Welt. Die Behauptung, Onkel Otis sei in seiner Sturheit gefährlicher als die Wasserstoffbombe, entspricht absolut der Wahrheit.

Das glaubt ihr vielleicht nicht. Natürlich. Deshalb werde ich euch erzählen, warum genau Onkel Otis so gefährlich war – nicht nur für die gesamte Menschheit, sondern auch für das Sonnensystem. Und sehr wahrscheinlich auch fürs gesamte Universum.

Er hieß Morks, so wie ich – Otis Morks. Er lebte in Vermont

und ich hatte ihn schon länger nicht mehr gesehen. Eines Morgens dann erhielt ich ein Telegramm von meiner Tante Edith, seiner Schwester. Darin stand: OTIS VOM BLITZ GETROFFEN. LAGE ERNST. KOMM SOFORT.

Ich nahm den nächsten Zug. Nicht nur machte ich mir Sorgen um Onkel Otis. In diesen acht alltäglichen Wörtern schwang auch eine Dringlichkeit mit, die mich zur Eile antrieb.

Spät am Nachmittag kam ich in Hillport, Vermont, an. Am Steuer des einzigen Taxis, einer uralten Kiste, saß ein Mann aus dem Dorf namens Jud Perkins. Jud war auch Polizist, und beim Einsteigen in sein altersschwaches Gefährt bemerkte ich den um seinen Bauch geschnallten Revolver.

Quer über den Platz sah ich außerdem ein Grüppchen Städter stehen und etwas betrachten: einen leeren Granitsockel, auf dem früher die große Bronzestatue eines Lokalpolitikers namens Ogilby gestanden hatte – eines Menschen, für den Onkel Otis stets nichts als tiefste Verachtung übrig gehabt hatte.

Stur hatte sich Onkel Otis geweigert, zu glauben, jemand würde ein Denkmal für Ogilby errichten, und nie zugeben wollen, dass auf dem Dorfplatz tatsächlich eine solche Statue stand. Doch es hatte sie gegeben und nun war sie verschwunden.

Mit einem Ruck fuhr das alte Auto los. Ich beugte mich vor und fragte Jud Perkins nach der Statue. Mit zusammengekniffenen Augen sah er mich von der Seite an.

»Geklaut«, teilte er mir mit. »Gestern Nachmittag, um fünf rum. Am helllichten Tag. Jawoll, zweimal blinzeln und weg war sie. Bei Simpkins' waren wir grade – ich und Simpkins und Ihr

Onkel Otis Morks und Ihre Tante Edith und noch ein paar andere. Irgendjemand meinte so was wie, die Stadt müsse die Statue von Ogilby mal reinigen – völlig taubenverschissen die letzten Jahre. Streckt Ihr Onkel Otis das Kinn raus.

›Was für 'ne Statue?‹, wollte er, die Augenbrauen schon hochgezogen, wissen. ›In dieser Stadt gibt's keine Statue für so einen Hanswurst wie Ogilby!‹

War mir klar, dass das keinen Zweck hatte. Er hätte nicht an die Statue geglaubt, und wär er dagegengelaufen und hätte sich das Bein gebrochen. Noch nie ist mir jemand begegnet, der so stur wie Otis Morks einfach nicht glaubt, was ihm nicht passt. Jedenfalls dreh ich mich um und will draufzeigen. Und da war sie weg. Eben noch da. Jetzt nicht mehr. Geklaut von jetzt auf gleich.«

Jud Perkins spuckte aus dem Fenster und wandte sich mir mit herrischer Miene zu.

»Wenn Sie wissen wollen, wer das war«, sagte er, »diese fünfte Kolonne, die waren das.« (Ich sollte hinzufügen, dass sich dies während des Zweiten Weltkriegs zutrug.) »Die haben Ogilby geklaut, weil er aus Bronze ist, verstehen Sie? Da drüben brauchen sie Kupfer und Bronze für Granaten. Also wird's erst geklaut und dann per U-Boot rübergebracht. Aber ich halte die Augen offen, wenn die wiederkommen. Hab meine Knarre und bin auf der Hut.«

Über Stock und Stein holperten wir auf Onkel Otis' Farm zu, und Jud Perkins informierte mich weiter über den aktuellen Stand der örtlichen Angelegenheiten. Erzählte mir, wie es dazu gekommen war, dass Onkel Otis der Blitz getroffen hatte – aus Sturheit, wie vermutet.

»Vorgestern«, erzählte Jud mir zwischen zweimal Spucken, »war Ihr Onkel Otis grade draußen auf'm Feld, da kommt ein Sturm auf. Hat der sich unter 'ne Eiche gestellt. Hab ihm schon tausendmal gesagt, Bäume ziehen Blitze an, aber zum Zuhören ist er ja zu stur.

Dachte sich vielleicht, er beachtet den Blitz einfach nicht, so wie er's mit Willoughbys Scheune auf der anderen Straßenseite macht oder mit Marble Hill, was ihm sein Cousin Seth per Gerichtsbeschluss abgeluchst hat, und jetzt bestreitet er, dass es den Hügel überhaupt gibt. Oder den neuen Damm. Haben sie für'n Reservoir gebaut und Weideland geflutet, was er immer benutzt hat. Und nun tut Ihr Onkel Otis so, als sei man irre, wenn man sagt, da sei ein Damm.

Na ja, hat sich vielleicht gedacht, er könne drüber hinwegsehen, aber das geht mit Blitzen eben nicht so einfach. Der hat in die Eiche eingeschlagen, sie gespalten und Otis mal eben ein paar Meter weit geschleudert. Das hat der nur überlebt, weil er immer bei so guter Gesundheit war. Nicht einen Tag in seinem Leben ist der krank gewesen, nur mal die eine Woche vor zwanzig Jahren, als er vom Pferd gefallen war und sein Gedächtnis verloren hatte. Hat der sich doch für'n Landmaschinenhändler namens Eustace Lingham aus Cleveland, Ohio, gehalten.

Ihre Tante Edith hat alles mit angesehen und rennt raus und zerrt ihn rein. Ins Bett mit ihm und dann hat sie Doc Perkins angerufen. Doc meinte, es wär bloß ein Schock, er wär bald wieder wach, aber sie solle ihn zwei, drei Tage im Bett behalten.

Freilich wacht Ihr Onkel Otis wieder auf, ums Abendessen rum, aber im Bett will er nicht bleiben. Es gehe ihm doch gut, sagt der, und bei Gott, so munter wie gestern bei Simpkins im Laden hab ich ihn noch nie gesehen. Wie zehn Jahre jünger. Sprang da rum wie unter Strom.«

Ich fragte, ob das Alter Onkel Otis' Sturheit irgendwie gemildert habe. Jud spuckte ausgiebig aus.

»Schlimmer«, sagte er tonlos. »Der größte Sturkopf von Vermont, Ihr Onkel Otis. Verflucht noch eins, wenn der sagt, es gibt was nicht, und wenn's direkt vor ihm steht, der sagt das so, man glaubt's ihm fast.

Letzte Woche erst saß ich bei ihm vorm Haus, die alte Scheune von Willoughby direkt vor der Nase, und Ihr Onkel Otis tut so, als wär die nicht da.

›Schöne Aussicht‹, sag ich, ›wär bloß die Scheune nicht‹, und Ihr Onkel Otis guckt mich an, als wär ich irre.

›Scheune?‹, sagt er. »Welche Scheune? 'ne Scheune steht da nicht und stand da auch noch nie. Schönste Aussicht von ganz Vermont. Im Umkreis von dreißig Kilometern.‹«

Jud Perkins lachte vor sich hin und verfehlte nur knapp einen gelben Hund und einen Jungen auf einem Fahrrad.

»Gibt so Leute, die glauben so fest an was, was es nicht gibt«, sagte er. »Aber mir ist noch keiner wie Ihr Onkel Otis begegnet, so stur, dass er was nicht glaubt, was es gibt.«

Ich grübelte vor mich hin, als Jud Perkins mich an Onkel

Otis' Tor absetzte. Onkel Otis war nirgends zu sehen, aber ich lief ums Haus herum und Tante Edith kam mit wehender Schürze, Röcken, Haaren und offenen Armen aus der Küche geeilt.

»Murchison!«, rief sie. »Ich bin so froh, dass du da bist. Ich weiß einfach nicht, was ich tun soll. Otis ist etwas ganz Entsetzliches zugestoßen, und –«

Da sah ich Onkel Otis den Weg hinunterlaufen, um die Abendzeitung aus dem Blechkasten am Tor zu holen. Seine kleine, schlanke Gestalt aufrecht und das Kinn stur gereckt, seine buschigen weißen Augenbrauen hochgezogen, wirkte er auf mich unverändert. Tante Edith aber rang verzweifelt die Hände, als ich das sagte.

»Ich weiß«, seufzte sie. »Wüsste man die Wahrheit nicht, würde man meinen, der Blitzschlag habe ihm gutgetan. Genug jetzt, da kommt er. Nach dem Essen dann! Er darf nicht draufkommen, dass – Ach, hoffentlich passiert nicht noch etwas Schlimmes, bevor wir dem ein Ende machen.«

Dann kam Onkel Otis mit seiner Zeitung und sie flüchtete wieder in die Küche.

Onkel Otis hatte sich wirklich nicht verändert, höchstens zum Guten. Wie Jud Perkins bemerkt hatte, wirkte er jünger. Kräftig schüttelte er mir die Hand und mein Arm kribbelte wie von einem Stromschlag. Seine Augen blitzten. Sein ganzes Wesen wirkte angespannt und unerklärlich energiegeladen.

Wir schlenderten zur Veranda und standen so vorm Haus, mit Blick auf die verfallene alte Scheune gegenüber. Während ich Onkel Otis musterte, um herauszufinden, was Tante Edith meinte, suchte ich nach einem Gesprächsthema und äußerte mein Bedauern, dass der Sturm zwei Tage zuvor die Scheune nicht umgeweht habe.

»Scheune?« Onkel Otis funkelte mich an. »Welche Scheune? Da ist doch keine Scheune, Junge! Nichts als freie Sicht – die schönste Aussicht von Vermont. Wenn du da eine Scheune siehst, dann geh mal lieber schnell zum Arzt.«

Wie Jud gesagt hatte, redete er so überzeugend daher, dass ich mich unwillkürlich umdrehte, um noch einen Blick auf das Gebäude zu werfen. Eine ganze Weile blieb ich wohl so stehen, und wahrscheinlich blinzelte ich ein paarmal.

Denn Onkel Otis sagte die Wahrheit.

Da war keine Scheune – mehr.

Beim Abendessen überkam mich allmählich ein unglaublicher Verdacht. Und während Onkel Otis nach dem Abendessen in der guten Stube seine Zeitung las, ging ich zu Tante Edith in die Küche.

Sie seufzte bloß, als ich ihr von der Scheune erzählte, und sah mich besorgt an.

»Ja«, flüsterte sie, »das war Otis. Ich wusste es, als die Statue … verschwand …, als wir bei Simpkins im Laden waren. Ich schaute direkt drauf, da sagte Otis, was er sagte, und sie … sie war einfach weg, einfach so. Da hab ich dir das Telegramm geschickt.«

»Du meinst«, fragte ich, »seit dem Blitz hat Onkel Otis' Sturheit neue Ausmaße angenommen? Früher hat für ihn einfach alles, was ihm nicht gefiel, auch nicht existiert, und damit hatte es sich. Und wegen einer seltsamen Verstärkung seiner Sturheit jetzt gibt es jetzt die Dinge *wirklich* nicht? Er glaubt sie einfach weg?«

Tante Edith nickte. »Sie *verschwinden* einfach!«, rief sie. »Wenn er jetzt sagt, etwas gibt's nicht, dann gibt's das auch nicht.«

Ich gebe zu, dass mir bei der Vorstellung mulmig wurde. Eine Reihe unschöner Möglichkeiten kam mir in den Sinn. Die Liste der Dinge – und Menschen –, an die Onkel Otis nicht glaubte, war lang und vielfältig.

»Wo liegt wohl die Grenze?«, fragte ich. »Ein Denkmal, eine Scheune – was glaubst du, wo hört es auf?«

»Ich weiß es nicht«, erwiderte sie. »Vielleicht gibt es keine. Otis ist ein schrecklicher Sturkopf und ... und wenn ihn nun irgendetwas an den Damm erinnert? Wenn er behauptet, es gebe keinen Damm? Der ist dreißig Meter hoch und das ganze Wasser –«

Mehr musste sie nicht sagen. Falls Onkel Otis plötzlich den Hillport-Damm wegglaubte, würde das dahinter aufgestaute Wasser das Dorf und vermutlich alle fünfhundert Einwohner auslöschen.

»Und dann sind da noch diese ganzen weit entfernten Länder, die er nie für echt gehalten hat«, flüsterte Tante Edith. »Wie Sansibar und Martinique.«

»Und Guatemala und Polynesien«, stimmte ich stirnrunzelnd zu. »Brächte ihn irgendetwas auf die Idee, deren Existenz abzustreiten, sind die Folgen nicht abzusehen. Sollte auch nur ein Land plötzlich verschwinden … im Mindesten hätten wir mit Flutwellen und Erdbeben zu rechnen.«

»Aber wie können wir ihn aufhalten?«, fragte Tante Edith verzweifelt. »Wir können ihm doch schlecht verbieten –«

Sie wurde von einem Schnauben unterbrochen, als Onkel Otis mit der Abendzeitung in die Küche marschiert kam.

»Hört euch das an!«, befahl er und las einen kurzen Artikel vor, in dem es im Wesentlichen darum ging, dass sein Großcousin Seth Youngman Marble Hill an eine New Yorker Abbaufirma zu verkaufen plante. Anschließend warf Onkel Otis angewidert die Zeitung auf den Küchentisch.

»Was reden die denn da?«, bellte er mit wütender Miene. »Marble Hill? Gibt's hier nicht und hat's nie gegeben. Und Seth Youngman hat sein Lebtag noch keinen Hügel besessen. Welcher Idiot bringt dieses Blatt raus, möchte ich mal wissen.«

Finster sah er uns an. Und in der Stille war ein schwaches fernes Rumpeln zu hören, wie von losen Steinen.

Tante Edith und ich fuhren beide gleichzeitig herum. Es war noch hell und vom Küchenfenster aus konnten wir nach Nordwesten sehen, wo Marble Hill am Horizont aufragte wie ein verbeulter Hut – oder wo es einst aufgeragt war.

Der Glaube der alten Propheten mag imstande gewesen sein, Berge zu versetzen. Onkel Otis hingegen war offenbar besessen von etwas viel Außergewöhnlicherem – einem Mangel an Glauben, der sie ins Nichts versetzen konnte.

Nichts ahnend und grummelnd griff Onkel Otis wieder nach der Zeitung.

»Die sind doch alle verrückt heutzutage«, erklärte er. »In dem Artikel hier geht's um Präsident Roosevelt. Nicht um Teddy Roosevelt, sondern einen Franklin. Nicht mal einen Namen können die richtig schreiben. Weiß doch jeder, dass es keinen Präsidenten Franklin Ro–«

»Onkel Otis!«, rief ich. »Da, eine Maus!«

Onkel Otis verstummte und drehte sich um. Tatsächlich kauerte da eine Maus unterm Herd und mehr fiel mir nicht ein, um Onkel Otis von seinem Unglauben an Franklin D. Roosevelt abzulenken. Gerade noch rechtzeitig. Ich wischte mir über die Stirn. Onkel Otis guckte mürrisch.

»Wo?«, fragte er. »Ich seh keine Maus.«

»D–« Eben wollte ich hinzeigen. Dann jedoch riss ich mich zusammen. Natürlich war die Maus nun verschwunden. Also behauptete ich stattdessen, ich hätte mich wohl geirrt.

Onkel Otis schnaubte abfällig und lief zurück in die Stube.

Tante Edith und ich schauten uns an.

»Hätte er gesagt …«, hob sie an, »… hätte er es ausgesprochen, dass es keinen Präsident Roose–«

Sie brachte den Satz nie zu Ende. In der Tür blieb Onkel Otis mit dem Fuß in einem Loch im Linoleum hängen und fiel der Länge nach in den Flur. Dabei stieß er mit dem Kopf gegen einen Tisch, und bis wir bei ihm waren, hatte er schon das Bewusstsein verloren.

Ich trug Onkel Otis in die Stube und legte ihn auf das alte

Rosshaarsofa. Tante Edith brachte eine kalte Kompresse und Ammoniakgeist. Gemeinsam machten wir uns an Onkel Otis' schlaffem Körper zu schaffen und sogleich öffnete er die Augen und blinzelte uns verwirrt an.

»Wer sind Sie?«, wollte er wissen. »Was ist passiert?«

»Otis!«, rief Tante Edith. »Ich bin deine Schwester. Du bist hingefallen und hast dir den Kopf angeschlagen. Du warst bewusstlos.«

Zutiefst misstrauisch funkelte Onkel Otis uns an.

»Otis?«, wiederholte er. »Ich heiße nicht Otis. Für wen halten Sie mich denn?«

»Na Otis!«, jammerte Tante Edith. »Du bist Otis Morks, mein Bruder, und du wohnst in Hillport, Vermont. Schon dein ganzes Leben.«

Stur schob Onkel Otis die Unterlippe vor.

»Mein Name ist *nicht* Otis Morks«, verkündete er im Aufstehen. »Ich bin Eustace Lingham aus Cleveland, Ohio. Ich verkaufe Landmaschinen. Ich bin nicht Ihr Bruder. Ich habe Sie noch nie gesehen. Ich habe Kopfschmerzen und das Sprechen macht mich müde. Ich werde rausgehen, frische Luft schnappen. Vielleicht geht es meinem Kopf dann besser.«

Stumm ging Tante Edith beiseite. Onkel Otis marschierte in den Flur und nach draußen.

Aus dem Fenster spähend, berichtete Tante Edith, dass er auf der Vordertreppe stehe und zu den Sternen hochgucke.

»Schon wieder«, sagte sie voller Verzweiflung. »Er hat wieder das Gedächtnis verloren. Wie damals vor zwanzig Jahren, als er vom Pferd fiel und sich eine ganze Woche lang für Eustace Lingham aus Cleveland hielt. Ach, Murchison, wir müssen den Doktor rufen. Aber wenn der Doktor die andere Sache rauskriegt, wird er ihm den Mund verbieten wollen. Aber wenn jemand Otis den Mund verbietet, dann glaubt er denjenigen einfach weg, und den Ort, wo man ihm den Mund verboten hat, am besten auch gleich. Dann … dann …«

»Aber wenn nichts unternommen wird«, gab ich zu bedenken, »lassen sich die Folgen nicht absehen. Bestimmt liest er wieder etwas über Präsident Roosevelt. Um den Namen kommt man heutzutage nicht herum, auch nicht in Vermont. Oder es erwähnt jemand Madagaskar oder Guatemala.«

»Oder er regt sich über die Leute vom Finanzamt auf«, warf Tante Edith ein. »Da kommen andauernd Briefe, wieso er noch nie Einkommensteuer gezahlt hat. Im letzten Brief hieß es, es käme wer bei ihm vorbei. Er behauptet aber, so etwas wie Einkommensteuer gebe es nicht, also könne es auch keine Steuereintreiber geben. Sollte also jemand kommen und behaupten, vom Finanzamt zu sein, wird Onkel Otis einfach nicht daran glauben. Dann …«

Hilflos sahen wir einander an. Tante Edith packte mich am Arm.

»Murchison!«, stieß sie hervor. »Schnell! Geh mit ihm raus. Wir dürfen ihn nicht allein lassen. Erst letzte Woche hat er beschlossen, dass es keine Sterne gibt!«

Ich zögerte keine Sekunde. Kurz darauf stand ich auf der Veranda neben Onkel Otis, der die kühle Abendluft einatmete und mit ungläubiger Miene zum sternenübersäten Himmel hinaufsah.

»Sterne!« Er zeigte nach oben in den Himmel. »Hundert Millionen Millarden Billionen Trillionen Kilometer weit weg! Und ein jeder hundertmal größer als die Sonne! Hieß es in dem einen Buch. Weißt du, was ich da sage? Ich sage: Pah! Nichts ist so groß oder so weit weg. Weißt du, was die da durch Teleskope angucken und Sterne nennen? Das sind überhaupt keine Sterne. So was wie Sterne gibt es nämlich n–«

»Onkel Otis!«, rief ich laut. »Eine Mücke!«

Und haute ihm auf den Kopf.

Ich musste ihn ablenken. Ihn davon abhalten, es auszusprechen. Natürlich, das Universum ist groß, vermutlich sogar zu groß, als dass Onkel Otis es wegglauben könnte. Aber ich wollte kein Risiko eingehen. Also schrie ich ihn an und schlug ihn auf den Kopf.

Ich hatte jedoch seine alte Amnesie vergessen und seine Überzeugung, er sei Eustace Lingham aus Cleveland. Nachdem er sich von meinem Schlag erholt hatte, sah er mich kalt an.

»Ich bin nicht Ihr Onkel Otis!«, schnappte er. »Ich bin niemandes Onkel Otis. Ich bin auch niemandes Bruder. Ich bin Eustace Lingham und ich habe Kopfschmerzen. Ich rauche jetzt meine Zigarre und gehe ins Bett und morgen früh fahre ich zurück nach Cleveland.«

Er wandte sich um und stapfte nach drinnen.

Ich folgte ihm, unfähig, mir einen hilfreichen Plan auszudenken, und Tante Edith lief hinter uns her die Treppe hinauf.

Oben blieben wir beide stehen. Wir sahen zu, wie Onkel Otis mit großen Schritten in sein Zimmer ging und die Tür schloss.

Anschließend hörten wir die Bettfedern quietschen, als er sich hinsetzte. Dem folgte das Ratschen eines Streichholzes und gleich darauf rochen wir Zigarrenrauch. Vorm Zubettgehen genehmigte sich Onkel Otis immer eine Zigarre.

»Otis Morks!«, hörten wir ihn murmeln, und ein Schuh fiel herunter. »Niemand heißt so. Irgendein Trick ist das. Glaub nicht, dass es so jemanden gibt.«

Dann verstummte er. Das Schweigen hielt an. Wir warteten darauf, dass er den zweiten Schuh fallen ließ …, und als eine volle Minute verstrichen war, schauten wir einander entsetzt an, liefen zur Tür und rissen sie auf.

Wir schauten ins Zimmer. Das Fenster war geschlossen und verriegelt. Eine Zigarre in einem Aschenbecher auf dem Nachttisch qualmte leise vor sich hin. Im Bettzeug war eine Delle, die sich langsam ebnete, wo eben noch jemand gesessen haben könnte. Ein einzelner Schuh von Onkel Otis lag neben dem Bett auf dem Boden.

Onkel Otis aber war verschwunden. Er hatte sich selbst aus der Welt geglaubt …

Mr Dexters Drache

Waldo Dexter entdeckte das Buch ausgerechnet am fantasielosesten Ort von allen – in einem Gebrauchtwarenladen. Noch nicht einmal einem schönen Gebrauchtwarenladen. Bloß einem schäbigen Loch in der Canal Street, östlich vom Broadway, in einer Gegend, wie sie Manhattan gewöhnlicher nicht hätte bieten können.

Der Laden war hauptsächlich gebrauchtem Gepäck und alten Kleidungsstücken tristester Erscheinung gewidmet. Mr Dexter hatte ihn nur deshalb betreten, weil der Wind ihm seinen Hut vom Kopf und in hohem Bogen um die Ecke in eine dunkle Gasse geweht hatte, in der es an Pfützen nicht mangelte.

Ohne jede innere Regung sah Waldo Dexter dem Hut bei seinem Verschwinden zu. Er war es gewohnt, Dinge zu verlieren. Seine Hüte wehte es davon, er vergaß seine Schirme in Zügen und U-Bahnen, und seine Brillen fielen regelmäßig herunter und gingen kaputt.

Ein eher kleiner Mann war er, hatte eine beginnende Glatze und ein Blitzen in den Augen, das ihn als den leidenschaftlichen Hobbysammler verriet, der er war. Sein Spezialgebiet waren Bücher und Handschriften über Zauberei und Hexenkunst.

Eher wegen der Kälte am Kopf als in Sorge um sein Aussehen bog Mr Dexter zu dem kleinen Gebrauchtwarenladen ab. Im Fenster lagen Mützen aus und er wollte eine kaufen. Eine Mütze hielt warm, war billig und würde nicht fortgeweht werden. Unpraktisch war Mr Dexter nicht, trotz seiner eifrigen Vertiefung in sein Hobby.

Der Kauf einer Mütze war einfach. Die Schwierigkeit bestand lediglich darin, nicht den halben Laden leer zu kaufen. Wäre Waldo Dexter auch nur ansatzweise leichter zu beeinflussen gewesen oder der kleine, redegewandte Ladeninhaber ein wenig überzeugender, hätte es dazu kommen können. Mr Dexter war jedoch standhaft genug, um die traurigen Konsequenzen seines Missgeschicks zu vermeiden. Schlecht verweigern konnte er sich allerdings der letzten inständigen Bitte des Verkäufers, sich doch wenigstens einmal umzusehen, ob er denn wirklich so gar nichts brauchen könne.

Rasch ließ Mr Dexter den Blick über die Regale, Ladentische und Ständer schweifen. Da entdeckte er, wie magnetisch davon angezogen, das Buch unten in einem Regal, wo es Staub ansetzte.

Dick war das Buch nicht. Was Höhe und Breite anging, glich es jedoch einem altmodischen Kassenbuch. Es war in Leder gebunden, von einem ungewöhnlichen bläulichen Schwarz und einer feinen, fremdartigen Beschaffenheit. Weder ein Titel noch eine Widmung war vorhanden. Um das Buch herum allerdings – und Waldo Dexters schmaler grauer Oberlippenbart zuckte interessiert – verlief ein zentimeterbreites Eisenband und hielt es fest verschlossen. Denn an der Stelle, wo die Enden des Riemens sich überlappten, hing ein altmodisches kleines rostiges Vorhängeschloss.

Mit einem Murmeln, das verschwindend geringes Interesse verriet, und einer so beiläufigen Geste, dass ein einziges Wort sie hätte beenden können, holte Mr Dexter das Buch hervor und pustete eine dünne Staubschicht herunter.

»Hmm.« Er schüttelte das Buch ein wenig und sah den Ladeninhaber lustlos an. »Was ist das?«, fragte er mit einem Seufzer.

Wie er der umgehenden Antwort entnahm, handelte es sich um ein Buch von größter Seltenheit, das persönliche Tagebuch eines berühmten europäischen Adligen, eines engen Freundes von Napoleon. Es war in einem Koffer gefunden worden, den der Inhaber beim Verkauf herrenlosen Gepäcks aus verschiedenen Hotels erworben hatte. Er hatte einem Europäer gehört, der sich ungehobelterweise vor seiner Hotelrechnung gedrückt hatte – jedenfalls war er aus seinem Zimmer verschwunden und nie wiedergesehen worden –, und der Inhaber war so auf höchst rechtmäßige Weise in seinen Besitz gelangt. Ein Sammler hatte ihm hundert Dollar dafür geboten, aber falls Mr Dexter ein besseres Angebot zu unterbreiten wünsche …

Waldo Dexter gähnte höflich und unterdrückte die brennende Neugier darauf, was sich wohl hinter diesem verführerisch verriegelten Eisenband verbarg.

»Wenn es so viel wert ist«, erkundigte er sich mit hochgezogener Augenbraue, »warum hat dann der Besitzer seine Hotelrechnung nicht bezahlt? Warum hat er nicht einfach das Buch verkauft?«

Ohne die Antwort abzuwarten, nestelte er an dem kleinen Vorhängeschloss herum. Es erwies sich als unverschlossen – der Ladeninhaber hatte es geknackt. Mr Dexter schlug das Buch mit dem schwergängigen Eisenscharnier am Rücken auf, und beim Blick auf die erste Seite schlug sein Herz so heftig, dass er seine Hand nur mit äußerster Willenskraft ruhig halten konnte.

Bei dem Buch handelte es sich nicht um eine gedruckte Ausgabe. Es war mit Tinte von Hand geschrieben, und die Schrift auf den linierten Seiten war so kunstvoll geschwungen, dass man sie fast nicht lesen konnte. Verfasst schien es in einem Gemisch aus schlechtem Französisch und Italienisch, durchsetzt mit etwas Latein.

Es war keinesfalls ein Tagebuch, wenngleich die Tatsache, dass es handgeschrieben war, einen unwissenden Käufer hätte irreführen können.

Ganz oben auf der Seite stand auf Italienisch in kühnen, fließenden Buchstaben: *Rezepturen und Beschwörungen.* Und darunter ein kleiner Vers, den Mr Dexter aufgrund seiner mehrsprachigen Komplexität nicht zu enträtseln vermochte. Unter dem Vers stand ein einzelner Großbuchstabe: *C*.

Beim Durchblättern schlug Waldo Dexter das Herz bis zum Hals. Er wagte nicht, es eingehender zu betrachten, geschweige denn sein Interesse zu offenbaren. Dennoch entzifferte er erfreut auf mehreren Seiten so verlockende Überschriften wie *Unsichtbar sein* und *Einen Dämon um drei Säcke Gold bringen*.

Es gab noch andere, ebenso vielversprechende, doch seine Kenntnisse reichten nicht aus, um das Sprachengemisch in so kurzer Zeit zu entwirren. Er hielt jedoch inne und studierte mit glänzenden Augen das Bild, das jemand genau mittig ins Buch eingelegt hatte.

Das Bild war von einer erfahrenen Künstlerin auf feinstes Pergament gemalt worden. Es war ein wenig vergilbt, aber die Farben des kleinen, hungrig aussehenden Drachen darauf leuchteten nach wie vor.

Es handelte sich um eine recht abscheuliche kleine Kreatur, die auf Steinplatten hockte und ihm mit grellgelben Augen aus dem Buch entgegenglotzte. Hinter dem Drachen hatte die unbekannte Künstlerin ein raffiniertes Detail in Form eines Knochenhaufens eingefügt. Mehr versuchte Mr Dexter nicht zu erkennen.

Er klappte das Buch zu, gähnte abermals und schüttelte den Kopf.

»Sie haben mich angelogen.« Er sah dem Ladeninhaber dabei in die Augen. »Das ist gar kein Tagebuch. Bloß ein Haufen Unsinn. Das hier ist entweder ein altes Schreibheft mit den Aufsätzen eines Kindes oder irgendetwas der Art. Das Bild hat ganz offensichtlich ein Kind gemalt. Das ganze Ding ist, von der Bindung und vom Verschluss abgesehen, nicht einen Dollar wert. Wäre es ein richtiges Buch, würde ich es vielleicht kaufen, aber nur als Kuriosität für meine Bibliothek. Selbst dann würde ich Ihnen nicht mehr als zehn Dollar dafür geben.«

Er zuckte die Achseln und wollte das Buch zurückstellen. Der Ladeninhaber redete in einem hastigen Wortschwall auf ihn ein. Schließlich ließ sich Mr Dexter überzeugen. Seinen eigenen Preis im Kopf, schwatzte man ihm schlussendlich zehn Dollar ab. Vor unterdrückter Begierde derart zitternd, dass er kaum das in Papier eingeschlagene Buch festhalten konnte, verließ er alsbald den Laden. Er atmete tief durch, sprang in ein Taxi und ließ sich zur Pennsylvania Station bringen. Von dort fuhr er mit dem Zug nach Bayside, Long Island, wo er unweit des Strandes behaglich in einem kleinen Haus wohnte, um das sich ein älteres Paar kümmerte.

Zu Hause ging Waldo Dexter umgehend in sein Arbeitszimmer und wickelte dort mit zitternden Fingern seinen Schatz aus. Er blätterte durch, erst rasch, dann begutachtete er einige Seiten etwas genauer. Damit brachte er vielleicht eine Stunde zu, und hinterher schrieb er, weil er einfach jemandem von seinem Fund berichten musste, ein paar hastige Zeilen an seinen nächsten Bekannten: einen gewissen McKenzie Muir, der im Stadtteil Bay Ridge in Brooklyn wohnte.

Es handelt sich (schrieb Waldo Dexter) um ein handgeschriebenes Buch mit Rezepten und Beschwörungen, das mindestens aufs frühe 18. Jahrhundert zurückgeht. Gebunden ist es, und da bin ich mir sicher, in Menschenhaut, senegambisch, würde ich wetten. Ein Teil der Bindung ist ein Eisenband mit einem Vorhängeschloss. Auf der ersten Seite haben wir einen etwas holprigen Vers, von mir wie folgt übersetzt:

Bei Tag dies zu öffnen,
bedenke es gut,
willst du entfesseln
des Teufels Brut.

Darunter steht nur ein kunstvolles großes C.

Die Warnung soll wohl Unbefugte vom Gebrauch abschrecken. Denn ich bin – noch habe ich keinen Beweis, aber ich hoffe einen zu entdecken – überzeugt, dass es sich hier um Cagliostros höchsteigenes Buch von Zauberformeln und Beschwörungen handelt!

Verfasst ist das Ganze in einem Gemisch aus Latein, Französisch und Italienisch. Das halte ich für eine zusätzliche Vorsichtsmaßnahme, da nur eine hochgebildete Person es lesen können dürfte. Es wird einiger Arbeit bedürfen, um die notwendigen Stellen zu übersetzen, aber ich habe bereits zwei

Beschwörungen teilweise entschlüsselt. Eine heißt schlicht »Unsichtbar sein«. Die andere »Einen Dämon um drei Säcke Gold bringen«.

Wären die Zutaten erhältlich, würde ich die Zauberformeln auf jeden Fall ausprobieren! Doch die erste verlangt zum Beispiel nach ausgekochtem Fett von der Hand eines am Galgen gehängten Menschen. Das stellt die Erprobung der Rezepturen vor einige Schwierigkeiten! Zweifelsohne finde ich aber noch andere, simplere, die ich ganz sicher auf ihre Wirksamkeit hin erproben werde.

Am bemerkenswertesten ist allerdings ein hineingelegtes Pergament mit dem leuchtend bunten Bild eines Drachen. Das Ungeheuer hat grüne Schuppen, lange, blaue Klauen, blaue Reißzähne in einem blutroten Maul und scharlachrote Fühler oder Antennen, die an Kopf und Rücken wie Seegras hervorstehen. Seine Augen glänzen beinahe wie lebendig gelb mit scharlachroten Sprenkeln.

Der Drache scheint auf Steinkacheln zu hocken, Auge in Auge mit dem Betrachter, das Maul leicht geöffnet, einen gefräßigen Ausdruck im Gesicht. Seine geschuppten Flanken sind mager und eingefallen. Überall stehen seine Knochen hervor. Ein dünneres, hungrigeres, teuflischeres Ungeheuer habe ich noch nirgends gesehen. Dementsprechend habe ich beschlossen, ihm den Spitznamen Cassius zu geben.

Hinter dem Drachen liegt, teils verdeckt, ein Haufen Knochen – ein angenehm schauriges Detail, handelt es sich doch um Menschenknochen. Ich habe das Bild mit dem Vergrößerungsglas untersucht, und es sind dreizehn menschliche Schädel zu erkennen, so kunstvoll gemalt, dass jedes Detail stimmt, bis hin zur Bleiche, die ihr unterschiedliches Alter anzeigt. Darunter sind noch andere Knochen und Stofffetzen, das Ganze ist erschreckend und mutet nachgerade verstörend lebendig an.

Mehr kann ich dir gerade noch nicht sagen. Ich hatte nur ein paar Minuten Zeit, um meinen Fund zu untersuchen. Mrs Studley ruft und so werde ich meine Untersuchung nach dem Abendessen fortsetzen.

Du musst vorbeikommen und es dir anschauen – heute noch (sobald du das hier erhältst), wenn möglich. Bring bitte deine Sammlung von Cagliostros Briefen mit – ein Handschriftenvergleich wird uns umgehend verraten, ob dieses Buch von ihm verfasst wurde oder nicht. Versuch jedoch nicht, es mir abzuschwatzen. Vielleicht hinterlasse ich es dir in meinem Testament, aber vorher bekommst du es auf keinen Fall von mir!

Herzlichst,

WALDO DEXTER

Daraufhin versiegelte Mr Dexter den Brief, frankierte und adressierte ihn, und auf dem Weg zum Abendessen gab er ihn Mrs Studley zum Verschicken. Zügig schlang er ein wirklich vorzügliches Essen hinunter, wie Mrs Studley später aussagte, und eilte zurück in sein Arbeitszimmer, um die Durchsicht seines sonderbaren Buches wiederaufzunehmen.

Als die Studleys sich nach dem Geschirrspülen auf den Weg in ihr eigenes Zuhause ein Stück die Straße hinunter machten, war er so vertieft, dass er nicht einmal ihr »Gute Nacht« erwiderte – was die fröhliche Mrs Studley am nächsten Tag gewaltig aus der Fassung bringen sollte.

Denn als sie am nächsten Morgen Mr Studley nach oben schickte, um Mr Dexter zum Frühstück zu rufen, war Waldo Dexter nirgends auffindbar. Er war nicht in seinem Schlafzimmer. Er war nicht in seinem Arbeitszimmer. Er war nirgendwo im ganzen Haus. Er war einfach weg.

Mit Eintreffen der Polizei machten sie kleine Fortschritte beim Ergründen des Rätsels um Waldo Dexters Verschwinden. Er war fort, und nichts deutete auf seinen Weggang hin, ausgenommen die leichte Unordnung in seinem Arbeitszimmer. Ein paar Bücher waren von seinem Schreibtisch gefallen, wie achtlos hinweggefegt, und Mr Dexters Brille lag zerbrochen am Boden.

Darüber hinaus gab es keine Spur von ihm. Für einen Kampf herrschte nicht genügend Unordnung, und Waldo Dexter war nicht reich genug, um eine Entführung zu rechtfertigen. Schlussendlich entschied die Polizei, dass Mr Dexter entweder wohlweislich aus persönlichen Gründen oder im Zustand eines Gedächtnisverlusts verschwunden war.

Keine dieser Mutmaßungen konnte durch Mr McKenzie Muir gestützt werden, der am späteren Nachmittag auftauchte.

Mr Muir, ein schlaksiger Schotte, war weniger am Verbleib von Waldo Dexter interessiert als vielmehr an dem Buch, von dem Dexter ihm geschrieben hatte. Angesichts des eilig dargelegten Sachverhalts hielt er es weder für nötig, der Polizei Waldo Dexters Brief zu zeigen, noch etwas zu dem Buch zu sagen, das sie aufgeschlagen auf Mr Dexters Schreibtisch fanden, beiläufig überprüften und beiseitelegten.

Muir befürwortete die Theorie vom Gedächtnisverlust und zweifelte kaum daran, dass Dexter bald wieder auftauchen werde. Vorher wollte er das Buch in seinen Besitz bringen – und ›Besitz‹ verstand er wie folgt: Wer es findet, dem gehört es.

Also schlug er in einem günstigen Moment das ledergebundene Buch auf und klebte auf die Umschlaginnenseite eines seiner eigenen Bücherzeichen, von denen er stets einen kleinen Vorrat bei sich trug. Sobald der Klebstoff trocken war, nahm er das Buch mit zum verantwortlichen Polizeileutnant. Überzeugend legte er dar, Grund für seinen Besuch sei vor allem das Buch gewesen, welches Dexter sich von ihm ausgeliehen habe. Er zeigte das Bücherzeichen vor und durfte sogleich mit dem Buch in der Hand gehen.

Vom Hochgefühl des Sammlers erfüllt, kehrte er per Bus und U-Bahn nach Hause zurück – eine Reise über mehrere Stunden, sodass er nach Einbruch der Dunkelheit eintraf. Unterwegs entschwand Waldo Dexter beim Studium des Buches gänzlich aus seinen Gedanken.

Bei Ankunft in seiner Wohnung sah sich Mr Muir allerdings gezwungen, die Untersuchung seines frisch erworbenen Schatzes vorübergehend zu unterbrechen. Zuerst musste er sein Abendessen verzehren, mit dem sein Butler auf ihn gewartet hatte. Dann kam ein Nachbar zum Plaudern vorbei und blieb den ganzen Abend.

Als Mr Muir das Buch wieder in den Händen hielt, war er von dem abscheulichen kleinen Drachen ebenso fasziniert, wie Waldo Dexter es gewesen war.

Nach einer Weile griff er zum Vergrößerungsglas, um das Bild eingehender zu untersuchen. Verächtlich bemerkte er, dass Dexter sich bei der Beschreibung des Ungeheuers eine gewaltige Ungenauigkeit hatte zuschulden kommen lassen.

»›Mager und ausgehungert!‹«, rief er laut. »›Überall stehen Knochen hervor.‹ Schwer übertrieben. Fett ist das Vieh vielleicht nicht gerade, aber Knochen sieht man keine. Und es ließe sich zwar behaupten, er mache ein hungriges Gesicht, aber gefräßig würde ich das nicht nennen. Der Bauch wölbt sich sogar ein bisschen, was nicht gerade auf Hungersnot hindeutet. Außerdem …«, Muir schaute noch genauer hin, »sind das vierzehn Schädel, keine dreizehn, auf dem Haufen dahinter. Ha! Sieht Dexter gar nicht ähnlich, diese Nachlässigkeit. Zweifellos ist er wirklich mit Gedächtnisverlust davonspaziert. War wohl geistig nicht mehr auf der Höhe bei so vielen Fehlern!«

Als ihm auffiel, dass es beinahe Mitternacht war, löschte McKenzie Muir eilends das Licht. Auf dem Weg ins Schlafzimmer stellte er fest, dass er das bläuliche Buch noch immer in Händen hielt, legte es auf einen Sekretär und die Leselupe auf das Bild des hungrigen kleinen Drachen.

Hierauf verschwendete er keinen weiteren Gedanken daran.

Selbst das Herunterfallen des Vergrößerungsglases einige Zeit später beunruhigte ihn nicht.

McKenzie Muirs Verschwinden war wirklich eine erfreuliche Sensation für die Zeitungen.

Ohne allzu große Unordnung – eine kaputte Leselupe auf dem Boden, das Bettzeug auf einem Haufen in einer Ecke – war sein Verschwinden höchst rätselhaft, zumal Türen und Fenster verriegelt waren. Mit der vagen Ausrede, man bearbeite die Hinweise, zog die Polizei es vor, die ganze Sache zu vergessen.

Und so wurde das Haus hergerichtet und das Personal entlassen. Beim Ausüben seiner letzten Pflichten stellte Johnson, der Butler, das sonderbare Buch, das sein Herr von Waldo Dexter gestohlen hatte, ordentlich in ein Regal.

Dabei öffnete sich das Buch in seinen Händen auf der Seite mit dem Bild eines kleinen Drachen. Johnson betrachtete es mit flüchtigem Interesse.

»Fröhlicher kleiner Fettwanst«, sagte er zu Dora, der Hausangestellten, die gerade die Rollos herunterließ. »Grinst übers ganze Gesicht.« Und nachdem sie das Buch zugeschlagen und weggestellt hatten, machten sie die Zimmertür endgültig hinter sich zu.

Ein paar Monate lang blieb das Haus verschlossen, während entfernte Cousins den Tod McKenzie Muirs zu beweisen suchten, um es erben zu können. In einer Winternacht schließlich löste ein schadhaftes Kabel einen Brand aus, der über Nacht das gesamte Haus in Schutt und Asche verwandelte.

Ein weiterer unverhoffter Glücksfall für die Zeitungen. Die Entdeckung der sterblichen Überreste von nicht weniger als fünfzehn Menschen nebst ein paar größeren Knochen ungewisser Herkunft kitzelte fast eine Woche lang angenehm die Nerven von Millionen Zeitungslesern.

Die Wissenschaftler, denen man die nicht identifizierbaren Knochen brachte, empfanden allerdings mehr als nur Nervenkitzel. Ihr Interesse verwandelte sich in Gereiztheit, als sie sich nicht darauf einigen konnten, zu welchem Wesen diese Knochenreste einst gehört hatten. Schließlich jedoch konnten sie ihre Berufsehre retten mit der Verlautbarung, die Knochen gehörten zu einer bislang unbekannten Gattung des Säbelzahntigers.

So vermochten die Behörden die ganze Angelegenheit bis auf eine Kleinigkeit recht ordentlich zu erklären. Die Knochen verkörperten ihnen zufolge die Opfer von McKenzie Muir, einem irren Serienmörder, der Menschen in sein Haus gelockt, sie getötet und im Keller vergraben hatte. Zweifellos war er so auch mit seinem unglückseligen Freund Waldo Dexter verfahren. Aus zunehmender Angst hatte sich Muir anschließend klugerweise aus dem Staub gemacht.

Später war er in das verschlossene Haus zurückgekehrt, um es anzuzünden und die Beweise für seine Straftaten zu vernichten, und war selbst den Flammen zum Opfer gefallen – denn inmitten der vom Suchtrupp gefundenen grausigen Überreste leicht zu erkennen waren McKenzie Muirs dritte Zähne gewesen.

Und so wurden alle Fäden geschickt miteinander verwoben. Was die Behörden allerdings nie plausibel erklären konnten, war die Frage, was genau ein Säbelzahntiger im Haus zu suchen gehabt hatte.

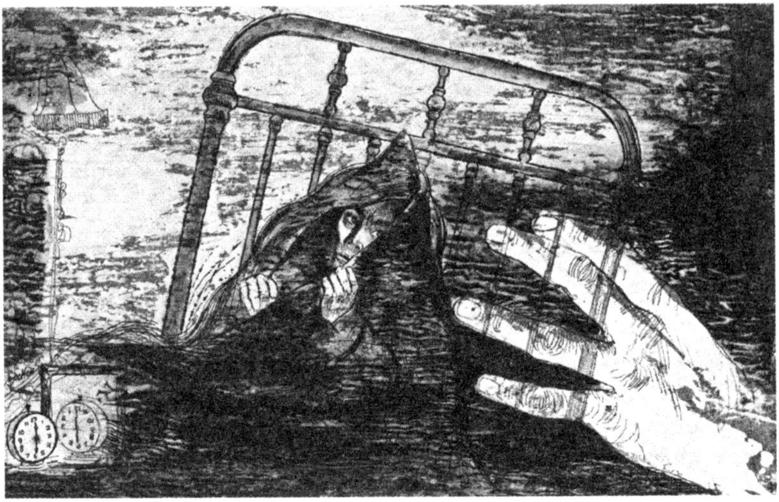

Hank Garveys Taggeist

Im kalten Schein des Mondes lief der Junge vorsichtig den gewundenen Pfad entlang den Berg hinab.

Flüssig und unwirklich erfüllte das Licht die Nacht und belebte sie mit seltsamen Schatten. Die Stille wurde nur vom Atmen des Jungen und den leisen Lauten von Tieren durchbrochen, die vor ihm aus ihrer Deckung brachen und in die schützende Dunkelheit huschten.

Der Junge hielt seinen Stock fest, zwängte sich durch das Gestrüpp einer Heckenkirsche und kam an einem Hang heraus, an dem die Mondschatten in dunkler, unregelmäßiger Anordnung hinabfielen. Am Fuß des Hanges stand ein größerer

Schattenfleck, erkennbar als marode Hütte mit schiefen Wänden und eingesacktem Dach.

Der Junge seufzte erleichtert. Angst hatte er zwar nicht unbedingt, aber die Nacht war seltsam und der Pfad ungewohnt. Gut eine Stunde war er im Dunkeln hierhergelaufen, zum alten Hank Garvey, um ihn etwas zu fragen. Über einen Geist.

Die Frage war ungewöhnlich für eine Sommernacht, aber soweit er wusste, handelte es sich auch um einen ungewöhnlichen Geist, und er wollte mehr darüber wissen. Ein bisschen was hatte ihm sein grobschlächtiger Onkel Radex erzählt und seine Tante Susan unter Lachen noch ein bisschen mehr.

Doch keiner von beiden hatte es ihm besonders verständlich erklärt, weil sie so viel gelacht hatten. Deshalb war er gekommen, um Hank Garvey direkt danach zu fragen. Es handelte sich um Hank Garveys Geist – also, nicht den Geist von Hank Garvey, sondern um den Geist, der Hank Garvey heimsuchte.

Etwas über einen Geist in Erfahrung zu bringen war des Nachts eine unbehagliche Mission, aber der Junge war wissbegierig. Und obwohl er aus der Stadt kam und die Berge von Virginia nicht kannte, hatte er sich schon mit dem Land vertraut gemacht. Er wusste, dass man vor nichts Angst haben musste, außer vielleicht vorm Verirren, was er nicht vorhatte. Außerdem hatten ihn Onkel Radex und Tante Susan mit ihrer Belustigung angestachelt, sich beweisen zu wollen.

Da war er nun also, und am Fuß des Berges stand dunkel und still Hank Garveys baufälliges Häuschen. In der Ferne meinte der Junge jedoch krächzenden Gesang zu hören. Mit zusammengekniffenen Augen machte er zwei Schatten weit oben am Hang gegenüber aus – Schatten in Bewegung, ein großer, gefolgt von einem kleineren. Bei dem großen musste es sich um ein Pferd handeln, also musste der kleinere wohl Hank Garvey sein, der, wie von Tante Susan prophezeit, pflügte und dabei vor sich hin sang, während er im Mondlicht die Furchen umackerte.

Der Junge rannte den Hang hinunter, an der Hütte vorbei und kletterte den Hügel dahinter hinauf. Kurz vorm Gipfel entdeckte er mitten auf ebenem Feld, halb in der Erde, einen Pflug. Hank Garvey und sein Pferd aber waren verschwunden.

Schnaufend blieb der Junge stehen. Da hörte er abermals Hank Garveys Stimme, von drüben, wo der Hügel zum Gipfel hin sanfter anstieg. Und schließlich entdeckte er den Umriss im Mondlicht – ihn und sein Pferd.

Hank Garvey saß rücklings auf seinem Pferd, ohne Sattel, und das schwerfällige Tier trug ihn nach oben. Mit angezogenen Beinen hockte der Mann auf dem breiten Pferderücken, sang abwechselnd ein unmelodisches Lied und entlockte einer Mundharmonika ebenso unmelodische Töne.

Ein Weilchen starrte der Junge hin. Dann lief er hinterher. Als er den Bergrücken erreichte, sah er sie erneut in der Nähe. Das stämmige Tier lief behäbig im Kreis und Hank Garvey hockte, die Zügel locker, obenauf. Nach kurzem Zögern rief der Junge ihm einen Gruß zu. Augenblicklich sprang Hank Garvey ab und sah zu dem Jungen herüber, als sei er zur Flucht bereit.

»Wer da?«, gellte seine Stimme, während der Junge näher kam.

»Ich bin Johnny, Radex Ansons Neffe aus der Stadt«, erwiderte der Junge, dessen Selbstvertrauen mit jedem Schritt zurückkehrte.

Mit zur Seite geneigtem Kopf und der Mundharmonika in den Händen erwartete Hank Garvey ihn. Der Mann war klein und sein Gesicht rund, faltenfrei und fröhlich. Augen, so rund wie Vierteldollarmünzen, verliehen dem kindlichen Gesicht etwas Elfenhaftes, und jegliches Gefühl von Fremdheit verflog, als Hank Garvey schmunzelte und ihm antwortete.

»Hallo, Johnny, Radex Ansons Neffe«, rief er. »Ich bin Hank Garvey. Hat dein Onkel dich geschickt?«

Der Junge schüttelte den Kopf.

»Ich bin in eigener Sache hier«, gab er zurück. »Wollte Sie nach Ihrem Geist fragen. Also, wenn's Ihnen nichts ausmacht«, fügte er rasch hinzu.

Hank Garvey schmunzelte. Hinter ihm war das alte Pferd stehen geblieben und fraß das lange, saftige Gras.

»Nun, Johnny, Neffe aus der Stadt«, sagte der kleine Mann mit heiterer Stimme. »Ist 'ne vorlaute Nacht, und ich fühle mich rüstig und habe nichts gegen ein wenig Gesellschaft. Wenn du bei Nacht extra den ganzen Weg bis hierher gelaufen bist, dann mach ich das gerne. Aber hat dir nicht dein Onkel Radex schon alles erzählt?«

»Ein bisschen was«, gab der Junge zu. »Aber er hat dabei immer gelacht. Deswegen hab ich's nie ganz verstanden, Mr Garvey. Und irgendwie wollte ich es aber eben wissen.«

Hank Garvey hob die Mundharmonika an die Lippen und sonderte ein paar schiefe Töne ab. Dann sprang er in die Luft, schlug zweimal die Fersen aneinander und landete mit einer kühnen Pirouette auf der Erde.

»Irgendwie willst du also was über meinen Geist wissen?« Er wirkte sehr erfreut. »Na, Johnny, irgendwie scheint es Zeit zum Abendessen zu sein und ich hab was zu essen hier unter einem Stein versteckt. Vielleicht isst du was mit mir, während uns der Mond über die Schultern guckt?«

»A-aber ja«, sagte der Junge. »Gern, Mr Garvey.«

»Und ich erzähl dir von meinem Geist«, versprach der kleine Mann, drehte einen flachen Stein um und holte eine Blechdose darunter hervor. Aus einem gespaltenen Felsen holte er einen Krug. Mit den Zähnen drehte er den Korken heraus. Dann spuckte er ihn aus, fing ihn geschickt auf, hob den Krug an und trank lange und tiefe Züge. Anschließend ließ er den Krug sinken, stopfte den Korken wieder hinein und wischte sich mit einem zerlumpten Ärmel über den Mund.

»Aha«, sagte er und schmatzte zufrieden.

Er schmunzelte, hockte sich neben den Stein und gab dem Jungen eine halbe zerfledderte Klappstulle aus der Blechdose. Unbefangen setzte sich Johnny auf einen Stein in seiner Nähe. Lautstark und mit Appetit schlang der Mann die andere Hälfte hinunter und verdrückte den letzten Krümel, bevor der Junge richtig angefangen hatte.

»Jetzt will ich dir von meinem Geist erzählen.« Er beugte sich vor und blickte den Jungen an. »Aber erst sag du mir,

Johnny aus der Stadt, was dir dein Onkel Radex über mich erzählt hat.«

»Er hat erzählt, Sie würden von einem Geist verfolgt und Sie würden den ganzen Tag schlafen und nur nachts all das machen, was andere Leute tagsüber tun.«

»Stimmt.« Hank Garvey schmunzelte. Er hockte auf den Fersen und wippte vor und zurück. »Stimmt genau. Ich werde von einem Geist verfolgt und ich schlafe den ganzen Tag und arbeite in der Nacht. Hat er die Wahrheit erzählt, dein Onkel Radex. Um sechs Uhr abends stehe ich auf und melke meine Kuh, koche mir mein Frühstück und erledige den Haushalt. Dann pflüge ich, wenn's Zeit dazu ist und der Mond hell genug ist – aber nur, wenn der Mond hell genug ist.

Und ich pflüge und säe. Und hab ich ein bisschen Geld in der Tasche, dann pflüge ich nicht und säe auch nicht. Stattdessen steige ich auf den Berg und beseh mir den Mond und vielleicht tanze und singe ich im Mondschein. Und vielleicht gehe ich im Ententeich schwimmen oder ich laufe – laufe die Hügel auf und ab und singe, weil mir das gefällt. Und wenn dann der Tag anbricht, gehe ich wieder nach Hause und melke meine Kuh und koche mein Abendessen und gehe ins Bett. Da bleib ich dann ganz gemütlich, bis es wieder sechs Uhr ist. Und alle erklären mich für verrückt. Hast du schon mal von so jemandem gehört, Johnny Neffe?«

»Noch nie«, sagte der Junge interessiert zu ihm. »Sind Sie deshalb verrückt, Mr Garvey?«

»Natürlich nicht!«, widersprach der kleine Mann empört

und sah den Jungen ehrlich getroffen an. »Natürlich nicht. Ich tue das alles, weil ich einen Geist habe. Niemand kann mich deswegen für verrückt erklären, weil ich einen Geist habe. Nur weil ich einen Geist habe, bin ich nicht verrückt. Kapiert, Johnny aus der Stadt?«

»Hm, weiß nicht genau.« Der Junge runzelte die hohe, blasse Stirn. »Dann liegt es also an Ihrem Geist, dass Sie den ganzen Tag schlafen und nachts arbeiten?«

»Ganz genau, Johnny, ganz genau.« Hank Garvey nickte. »Es ist der Geist meines Großvaters, der von Irland herüberkam und eines Tages von seinen Nachbarn umgebracht wurde – aus Versehen allerdings, eigentlich wollten sie ihn gar nicht umbringen.«

Beim Reden hatte er schon wieder zwei dicke Stullen verdrückt und nun kaute er eine große, rohe Steckrübe.

»Weißt du, Johnny Neffe«, sagte er beim Essen, »mein Großvater war ein eigensinniger Mann – ein *sehr* eigensinniger Mann. Mit niemandem kam er aus, und er mochte nicht dasselbe tun wie alle anderen. Wenn andere Männer Tabak kauten, rauchte er, und wenn sie rauchten, dann kaute er. Gingen sie in die Kirche, ging er zum Angeln, und angelten sie, ging er in die Kirche. Natürlich wurde über ihn geredet.

Aber er war sehr eigensinnig, mein Großvater, und er beachtete das Getuschel der Nachbarn nicht. Er ging seinen Weg und vergnügte sich auf seine Weise, und die, denen das nicht gefiel, sprachen es nicht laut aus – zumindest ihm gegenüber nicht.

Aber dann wurde mein Pa von einem Maultier getreten und starb. Meine Mutter starb zur gleichen Zeit, und ungefähr da beschloss mein Großvater, lieber nachts zu arbeiten und tagsüber zu schlafen, und so machte er das.

Natürlich gab's deswegen noch mehr Geraune und es hieß, das sei noch nicht alles – er sei verrückt. War er nicht – aber so hieß es eben. Und er nahm keine Notiz davon, sondern pflügte und melkte und hackte und angelte weiter bei Mondlicht und brachte das auch mir so bei.

Schon bald wurden also die Stimmen lauter, ich als kleiner Junge sei bei einem verrückten Großvater nicht gut aufgehoben. Es hieß, man sollte mich ihm wegnehmen, weil er mir sonst schaden könnte. Eines Tages also, als er gerade schlief, kam eine Gruppe Männer, um mich zu holen und mich von Leuten aufziehen zu lassen, die nicht verrückt waren. Und dabei haben sie ihn umgebracht. Sie hatten es nicht vorgehabt, im Grunde hat er sie dazu gezwungen, weil er währenddessen aufgewacht ist. Also brachten sie ihn um, bevor er mehr anrichten konnte, als zweien von ihnen den Kiefer zu brechen und einem dritten die Rippen und einem anderen, der hingefallen war und ihm unter die Füße kam, das Auge rauszutreten. Dann nahmen sie mich mit und ich kam zu Leuten, die nicht verrückt waren, sondern alles bei Tag erledigten. Und das war das letzte Mal, dass ich von meinem Großvater hörte. Bis vor zehn Jahren. Da kehrte er von da zurück, wo auch immer er gewesen war, und begann mich heimzusuchen. Kommst du noch mit, Radex Ansons Neffe?«

»Glaub schon«, sagte der Junge, ohne den Blick von dem runden, fröhlichen Gesicht abzuwenden. »Und was ist dann passiert, Mr Garvey?«

»Nun, Johnny, ich hatte hier und da etwa fünfzehn Jahre lang als Farmer gearbeitet und das nie sonderlich gemocht. Aber ich hab's gemacht, und zwar so wie alle anderen, auch wenn sich mir der Sinn nie erschlossen hat, nur dass ich an Großvater dachte und wie die Nachbarn ihn ganz aus Versehen umbrachten. Also arbeitete ich tagsüber und schlief bei Nacht, und sonntags ging ich in die Kirche und zur Wahl. Und dann, gerade als ich es schrecklich müde wurde, alles so zu machen wie alle anderen, kam der Geist meines Großvaters zurück und fing an, mich heimzusuchen. Und da hatte ich keine andere Wahl.«

»Der Geist Ihres Großvaters hat Sie also gezwungen, nachts zu arbeiten und tagsüber zu schlafen, Mr Garvey?«, vergewisserte sich der Junge.

»Du liebe Zeit, ja.« Hank Garvey schmunzelte vergnügt. »Mir blieb nichts anderes übrig. Ich war dazu gezwungen. Das hat allen eingeleuchtet.«

»Das wollte ich wissen«, gestand der Junge. »Wie genau der Geist Ihres Großvaters Sie gezwungen hat, nicht mehr tagsüber zu arbeiten und stattdessen nachts.«

Hank Garvey sah ihn mit großen, runden Augen an.

»Na, indem er mich heimgesucht hat natürlich«, sagte er. »Ich dachte, das hätte ich erzählt. Ich kann ihm nur dadurch entgehen, dass ich nachts arbeite und bei Tag schlafe. Ich dachte, das hätte ich erzählt.«

»Schon«, beharrte der Junge, »aber ich meine, *wie* hat er Sie denn heimgesucht? Ist er Ihnen nachts erschienen, ganz bleich und durchsichtig, und hat Sie nicht schlafen lassen und mit Ihnen gesprochen? Oder ist er durchs Zimmer gelaufen, während Sie geschlafen haben, und hat so lang gestöhnt, bis Sie erraten haben, was er von Ihnen wollte? Oder was?«

Hank Garvey wippte ein paarmal vor und zurück und fiel dann ins Gras um, wo er leise lachend fast eine volle Minute lang auf dem Rücken liegen blieb. Dann setzte er sich wieder auf und jegliches Lachen war aus seinem Gesicht gewichen.

»Du lieber Himmel, nein, Johnny Neffe«, sagte er. »Ich hab dir doch gesagt, mein Großvater war ein sehr eigensinniger Mann. Ja, denkst du denn, sein Geist wäre gewöhnlich? Doch nicht mein Großvater! Sein Geist ist genauso eigensinnig, wie er es war. Weißt du, was er macht, der Geist?«

Hank Garvey beugte sich zu dem Jungen vor und senkte die Stimme zu einem vertraulichen Flüstern.

»Der Geist verfolgt mich *bei Tag!*«

»Bei Tag!«, rief der Junge erstaunt.

Ernst nickte der kleine Mann.

»Statt bleich und nebelweiß wie ein gewöhnlicher Geist«, flüsterte er, »sieht der Geist meines Großvaters aus wie ein nachtschwarzer Schatten. Und er jagt mich tagsüber. Den ganzen Tag lang verfolgte er mich, lauerte in Ecken, schlich neben mir her, saß mir am Tisch gegenüber, ging neben meinem Pflug her, hockte beim Mittagessen neben mir. Das hat mich ganz schön belastet. Wie würde es *dir* denn gehen, wenn dich ein Geist bei Tag verfolgen würde?«, schrie er den Jungen plötzlich an.

»Ich weiß nicht«, antwortete der Junge mit großen Augen.

Hank Garvey sprang hoch, schlug die Hacken zusammen und landete auf den Zehenspitzen. Flink lief er zu dem gespaltenen Felsen hinüber, holte den Krug heraus, drehte den Korken heraus, spuckte ihn in seine Hand und trank aus dem Krug. Dann stopfte er den Korken wieder hinein, versteckte den Krug, rannte hinüber zu seinem grasenden Pferd und sprang dem erschrockenen Tier auf den Rücken.

»Ist kein schönes Gefühl«, sagte Hank Garvey dann freundlich und sah dem Jungen ins Gesicht. »Ein gewöhnlicher schneeweißer Geist bei Nacht ist schon schlimm genug, aber ein tintenschwarzer Geist, der einen den lieben langen Tag verfolgt, ist etwas ganz anderes und schlimmer – viel schlimmer. Daher wusste ich, dass es mein Großvater war – wegen des Eigensinns. Und deshalb muss ich den ganzen Tag schlafen und die ganze Nacht arbeiten. Denn wenn ich tagsüber schlafe, kann er mich nicht verfolgen – *und nachts kann ich ihn nicht sehen!*«

Er zog die Beine an und strahlte den Jungen an.

»Nun weißt du, wie das ist mit meinem Geist«, sagte er. »Komm also irgendwann wieder, wenn der Mond scheint, und dann reden wir weiter. Aber nicht bei Tag. Bei Tag liege ich im Bett und schlafe tief und fest.«

Er lachte und gab dem Pferd mit den Fersen einen leichten Stoß. Das Pferd setzte sich in Gang. Hank Garvey holte seine

Mundharmonika heraus und fing an zu spielen. Dann verschwanden die beiden über den Hügel, ließen den Jungen allein zurück im frisch duftenden kniehohen Gras unterm Licht des Mondes, und nur die Musik des kleinen Mannes wehte zu ihm herüber.

Über den Autor

Sein Leben lang interessierte sich Robert Arthur für Geister, Spuk, Dämonen, Drachen, Hexenkunst und Zauberei. Einmal lebte er in einem alten, von Fledermäusen befallenen Haus, wo ihm die Fledermäuse beim Schreiben um den Kopf herumschwirrten – genau das richtige Ambiente für den Verfasser von Geschichten über Geister und Rätsel aller Art.

Bis zu seinem Tod 1969 hatte Mr Arthur mehr als 1000 Geschichten für Zeitschriften, 500 Radioskripte und mindestens 75 fürs Fernsehen geschrieben. Er war Storyberater und Autor für die Anthologie *Alfred Hitchcock Presents* und schrieb unter anderem für Boris Karloff. Seine zahlreichen Bücher umfassen Sammlungen von Spuk- und Detektivgeschichten wie *Mystery and More Mystery* und *Spies and More Spies* sowie zehn Bände der beliebten Reihe *Die drei ???*. Mr Arthurs Werk brachte ihm zwei Edgar Awards ein (gleichbedeutend mit dem Oscar für Krimi-, Detektiv- und Spukgeschichten).

Mr Arthur wurde auf Corregidor Island auf den Philippinen geboren, wo sein Vater als Oberst beim Militär der Vereinigten Staaten von Amerika tätig war. Als Teenager begann er zu schreiben und im Alter von sechzehn Jahren wurde die erste Geschichte von ihm veröffentlicht. Nach dem Abschluss mit Auszeichnung in Literatur an der University of Michigan arbeitete er als Zeitschriftenredakteur in New York, bevor er sich dem freiberuflichen Schreiben zuwandte.

Lust auf weitere spannende Geschichten?

Geheimnisvolle Kurzgeschichten

Ist alles wirklich wie es scheint?

ca. 288 Seiten
ISBN 978-3-440-18217-8

Ein Messer, das sein tödliches Werk ohne menschliches Zutun verrichtet ...

Ein Gauner, dessen Lebensaufgabe es sein wird, seine versteckte Beute wiederzubekommen ...

Eine junge Frau, die ein Haus auf einer verschneiten Bergkuppe betritt und nie wieder herauskommt ...

Dies sind nur drei der ungewöhnlichen und mysteriösen Geschichten in diesem Buch. Tretet ein in das Kabinett der Illusionen und Täuschungen, in dem nichts so ist, wie es auf den ersten Blick scheint.

kosmos.de